D0877809

Rendición

Ray Loriga

Rendición

Premio
ALFAGUARA
de novela
2017

Primera edición: junio de 2017

Printed in USA

ISBN: 978-1-945540-35-6

Compuesto en MT Color & Diseño, S. L.

Penguin
Random House
Grupo Editorial

«*¿Quién vive más de cuarenta años?... Les diré quiénes viven más de esa edad: los tontos y los sinvergüenzas.*»

FIODOR DOSTOYEVSKI

«*A los otros hombres los encontré en la dirección opuesta.*»

THOMAS BERNHARD

«*I hate rabbits.*»

EDDIE COCHRAN

I

Nuestro optimismo no está justificado, no hay señales que nos animen a pensar que algo puede mejorar. Crece solo, nuestro optimismo, como la mala hierba, después de un beso, de una charla, de un buen vino, aunque de eso ya casi no nos queda. Rendirse es parecido: nace y crece la ponzoña de la derrota durante un mal día, con la claridad de un mal día, forzada por la cosa más tonta, la misma que antes, en mejores condiciones, no nos hubiera hecho daño y que sin más consigue aniquilarnos, si es que coincide por fin ese último golpe con el límite de nuestras fuerzas. De pronto, aquello en lo que no habíamos reparado siquiera nos destruye, como las trampas de un cazador que nos supera en habilidad y a las que no prestábamos atención mientras nos distraíamos con el señuelo. A qué negar, en cambio, que mientras pudimos también cazamos así, utilizando trampas, señuelos y grotescos pero muy efectivos camuflajes.

Si uno mira con cuidado el jardín de esta casa, sabrá enseguida que vivió tiempos mejores, que la alberca vacía no desentona con el zumbido de los aviones que cada noche castigan no ya esta propiedad sino todas las de nuestro valle. Cuando ella se acuesta intento tranquilizarla, pero lo cierto es que sé que algo se derrumba y que no podremos levantar nada nuevo en su lugar. Cada bomba en esta guerra abre un agujero que no vamos a ser capaces de rellenar, lo sé yo y lo sabe ella, aunque jugamos y nos hacemos los tontos a la hora de dormir, buscando una tranquilidad que ya no encontramos, un tiempo como el de antes. Algunas noches, con tal de soñar mejor hasta recordamos.

En ese otro tiempo disfrutamos de lo que entonces pensábamos que iba a ser nuestro para siempre. El agua fresca del lago, lo llamábamos lago pero era más bien una charca grande, no sólo aliviaba los días de calor, sino que nos ofrecía toda clase de juegos y aventuras seguras. Esto último, «aventuras seguras», es sin duda una contradicción de la que entonces no éramos conscientes.

Teníamos una pequeña barca de remos, con la que los niños pasaban las horas jugando a piratas y con la que a veces, en las tardes de verano, la llevaba a ella a navegar, también es un decir, enredados los dos en nuestros propios pensamientos, sin hablar demasiado, pero tranquilos.

Ayer llegó una carta de Augusto, nuestro hijo, nuestro soldado, que nos cuenta que hace un mes estaba aún vivo aunque eso no confirma que hoy no esté muerto. La alegría que sentimos al leerla hace un poco más grande nuestro miedo. Desde que se interrumpieron las señales de pulso, por decisión del gobierno provisional, hemos vuelto a esperar al cartero, como hacían nuestros abuelos. No hay otra vía de comunicación. De Augusto al menos tenemos noticias del mes pasado, de Pablo hace casi un año que no sabemos nada. Cuando se marcharon al frente, las señales de pulso nos daban cuenta constante del latido de sus corazones; ella decía que era casi como tenerlos dentro, como cuando los sentía vivos durante la gestación. Ahora estamos obligados a soñarlos vivos en silencio. La guerra para los padres no es la guerra de los hombres que pelean, es una guerra distinta. Aguardar es nuestra única tarea. Mientras tanto el jardín se desespera y se va muriendo, agotado. Ella y yo, por otro lado, nos levantamos cada día bien dispuestos.

Nuestro amor, enfrentado a esta guerra, se va haciendo fuerte.

No es fácil precisar ahora cuánto nos quisimos antes; claro está que en nuestra boda los besos fueron sinceros, pero esa sinceridad estaba pegada al cuerpo de lo que éramos entonces, y es evidente que el tiempo nos ha convertido en otra cosa. Esta misma mañana he caminado por la propiedad para certificar una vez más que este lugar apenas se parece ya a lo que fue nuestra casa. El lago está casi seco; alguien, es de suponer que el enemigo, ha puesto diques en los arroyos del monte. Las orillas del lago, antes verdes como una jungla, ahora agonizan.

La guerra no cambia nada por sí misma, sólo nos recuerda, con su ruido, que todo cambia.

Y a pesar de la guerra, o gracias a la guerra, seguimos adelante, buenos días, buenas noches, una jornada tras otra, como si nada, un beso tras otro, contra lo sensato. El agua hierve, la tetera heredada con su funda de punto, las últimas bolsitas de té... Lo poco que nos queda hierve y se protege y continúa. Algo se muere y vive entre nosotros, algo que no tiene nombre y que decidimos, con muy buen criterio, ignorar. La pasión ignora la mala suerte, o muere. Hemos tomado decisiones; no estar solos es una de ellas. Querer es renunciar a cualquier demonio que nos diga que no querer es posible.

Contra el demonio, afortunadamente, se multiplica lo cercano.

Puedo hablar de sus manos porque las conozco, porque están cerca. De lo que se aleja demasiado ya no se puede decir nada. En el sótano el niño llora, no es nuestro hijo pero tratamos de cuidarlo lo mejor que podemos. Nos gusta cuidar de algo, en eso al menos coincidimos, a pesar de la muerte prematura del jardín. El crío llegó en verano, hace más de seis meses, no sabemos su edad aunque le calculamos nueve años, hemos tenido hijos y sus diferentes estaturas están marcadas con lápiz en la pared del dormitorio de los niños. Utilizando la estatura de los nuestros, calculamos la edad de este extraño, aunque sabemos que no es un cálculo preciso. Tampoco es nuestro hijo, este a quien ahora medimos, pero llegó solo y cuidamos de él.

Estaba herido al venir, lo que nos ayudó a empezar a cuidarlo. No somos buenos, lo sé, pero eso nos hace menos inmisericordes. Por otro lado, desde que se fueron nuestros hijos en la casa sobra sitio. Si lo escondemos en el sótano es porque aún no hemos decidido qué hacer con él. La guerra quita muchas cosas y a cambio ofrece posibilidades; no estábamos acostumbrados a tenerlas y por eso nos demoramos a la hora de decir sí o no a las ofertas que se nos presentan. La gente bien dispuesta no tiene miedo, nosotros sí lo tenemos, o al menos yo lo tengo, no me atrevo a hablar por ella. El miedo es cosa de cada cual. En cualquier caso, no creemos haber robado a un niño, preferimos pensar que lo hemos recogido.

El crío, por su parte, aún no ha dicho nada. Su silencio nos inquieta y nos consuela a la vez, esperamos su primera palabra y la tememos.

¿Y si su primera palabra no es «gracias»?

¿Qué haremos entonces con él?

A veces llora por la noche mientras follamos, pero no nos detenemos, también antes conseguíamos follar contra los llantos de nuestros propios hijos. No estamos locos, así se concibe la gente. Es un cauce natural. La vida no amenaza a la vida, la estimula. Ayer le regalé un ajedrez a nuestro prisionero; lo llamamos así porque no le hemos puesto nombre, pero su puerta no tiene llave. Podría irse si quisiera, igual que llegó hasta aquí porque quiso, y sin embargo se queda. Supongo que la voluntad que le trajo es la voluntad que le sujeta. A cambio le damos bien de comer con lo poco que tenemos. No le gustan los plátanos, eso ya lo sabemos, no es un mono, las patatas con chorizo le vuelven loco, tiene muy buena disposición, se rechupetea los dedos. Da gusto ver comer a un niño aunque no sea tuyo.

Nos parece a los dos buena gente, este maldito crío, aunque no sabemos de dónde viene. Si todo va sobre ruedas y la criatura se comporta, tal vez lo traslademos finalmente al cuarto de nuestros propios hijos. Ella insiste en que lo hagamos ya, pero yo me muestro prudente, su verdadera conducta aún está por ver. También está por ver que nuestros verdaderos hijos no mueran en esta guerra y vuelvan a necesitar su habitación. Todo está por ver en realidad, ése es mi único consuelo. Si algo he aprendido viendo morir nuestro jardín es que ni lo bueno ni lo malo se detiene a revisar nuestros cálculos, ni aprecia nuestros esfuerzos, simplemente sucede.

Ella fue la primera en ver al niño, lo vio llegar andando por el monte y lo vio entrar en el jardín sangrando y sin quejarse de nada. Ella lo metió en la casa, ella curó sus heridas, ella le dio la ropa pequeña de nuestros hijos que había guardado cuidadosamente, ella lo bañó y preparó la cena, ella le hizo la cama, en el cuartito de juegos del sótano. Yo propuse llamar a la policía y ella dijo que no. Ella prefería un niño a una investigación, ella sabe muy bien lo que no quiere.

De esto hace más de seis meses, pero el crío sigue callado, me gusta pensar que nada le incomoda. Se comporta bien, a veces tira algo cuando juega, aunque aún no ha roto objetos de valor. No se parece a nuestros hijos, es moreno y muy delgado, y los nuestros eran y son, al menos hasta que confirmen su desaparición, rubios y fuertes. Es extraño, pero su presencia nos resulta cada vez más familiar. Ve la televisión con nosotros, evitamos las películas tristes, las canciones tristes, todo lo triste en realidad, le gustan las comedias, se ríe. Es alegre y come bien, lo cierto es que no tenemos queja. Ella le acaricia el pelo cuando se duerme en el sofá y él se deja hacer, luego yo lo llevo en brazos a la cama y lo arropo. No me atrevo a darle un beso de buenas noches como hacía con nuestros niños, al fin y al cabo este crío, por simpático que sea, no es nuestro.

Esta mañana ha venido el agente de zona a preguntar por nuestras condiciones. Parece que la guerra se alarga, que las bombas caerán cada vez más cerca, le preocupa que no podamos resistir; por supuesto hemos mentido. O tal vez no, tal vez este niño esté reconstruyendo nuestra antigua capacidad de resistencia. La despensa está casi vacía. Nos queda poco té, menos café aún, el vino lo bebemos en copas cada vez más pequeñas, verduras no tenemos, alubias sí, chorizo, salchichas y patatas para dos semanas, latas de tomate frito para un mes, la leche no es problema, las dos vacas que quedan en la comarca sobreviven a esta guerra milagrosamente teniendo en cuenta lo seco que está el pasto; el pan no llega desde que detuvieron al panadero, dicen que redactaba informes a escondidas, y que daba noticias puntuales al enemigo acerca de todos nosotros y que hasta ocultaba una unidad de pulso clandestina. Imposible saber si es cierto, una pena en cualquier caso porque era un buen panadero. Desde que empezó la guerra, las sospechas han hecho más daño que las balas.

El agente de zona nos ha avisado de que habrá un simulacro de evacuación la semana que viene, no sabemos qué haremos con el niño, ni durante el simulacro ni si la evacuación finalmente se produce. Antes de la guerra nunca pensamos en abandonar esta casa, sin decirlo creo que ella y yo contábamos con morir aquí. Ahora todo es distinto. Habrá que hacer otros planes.

Lo más divertido es perseguir al niño después del baño; corre envuelto en la toalla, se resbala por el suelo de madera pero sigue adelante, ella y yo nos reímos corriendo detrás con el pijama en las manos, ella lleva el pantalón, yo la camisa. Hacía mucho tiempo que no éramos felices. Creo que a ella le gusta mirarme a mí corriendo como un loco tanto como me gusta a mí verla a ella alegre de nuevo. Cuando por fin está vestido, con el pijama puesto, encendemos el televisor y sacamos la manta de lana; el carbón se ha terminado y a pesar de la chimenea hace frío. Nos apiñamos los tres para ver comedias, a todos nos gustan las comedias. Mientras se ríe le ponemos los calcetines. En la televisión ya sólo hay comedias o dramas, y canciones tristes o marchas militares, las noticias y todo lo demás se lo llevaron cuando suspendieron la red de pulso, cuando WRIST cortó definitivamente las comunicaciones. Antes, con mirarse uno el dorso de la muñeca podía saber, si es que quería, todo lo que pasaba en el mundo, y lo que es más importante, podía ver y escuchar en tiempo real a sus seres queridos y hasta seguir el murmullo del latido de sus corazones, pero la luz azul que cubría la piel de la muñeca hace tiempo que está apagada. Ahora no nos queda otra que reírnos con las comedias de la televisión, aunque las hayamos visto un millón de veces. Algo es algo. Al menos el crío se divierte.

Cuando ya se ha dormido el niño, ella y yo caemos rendidos y abrazados, como antes. No estamos haciendo nada malo, el niño llegó solo, nadie lo trajo y queremos pensar que no es de nadie.

Ella y yo, por otro lado, somos muy distintos. Ella es una señora, y yo antes de ser su marido fui su empleado. Su vida no es la mía. Todo lo que convive bajo un mismo techo guarda su propio nombre.

Ella es y fue siempre señora, y yo antes de ser señor fui un criado, lo sabe todo el mundo, no tiene sentido ocultarlo.

Nací jornalero, pero llegué a capataz, y después ella me educó, contra mi naturaleza, como señor, padre y marido. Lo hizo despacio, dulce y firmemente, como lo hace todo.

El agente de zona no sospecha de nosotros, tenemos dos hijos luchando en esta guerra, nos trata con respeto pero su enorme responsabilidad y su pequeño poder le llevan a preguntar más de la cuenta. Ella sabe cómo responderle. Ella dice no como si no hubiera nada detrás, elimina la segunda pregunta con su primera respuesta, tiene un don. Durante la visita del agente de zona, el niño dormía, o se hacía el dormido, ella le convenció y el niño no puso ninguna pega. El niño sabe bien lo que se hace, venga de donde venga no parece que esté loco por volver. Nuestro poco calor y nuestra poca comida le resultan suficientes; eso, a qué negarlo, nos tranquiliza. Los hijos propios siempre exigen más. O así me parecía a mí, que los veía tan iguales a su madre que se me mezclaba el orgullo con la responsabilidad y todo se me hacía poco para ellos. Nuestros hijos, Augusto y Pablo, no se llevan ni dos años, crecieron muy juntos y juntos se alistaron y juntos se fueron a la guerra. Para un hombre que no ha luchado, resulta extraño tener hijos soldados. Siento que debería ser yo el que los protegiera a ellos con mis armas, y no al revés. Me siento inútil. El niño prisionero, que no lo es, me ayuda a olvidarme de eso y de casi todo lo demás; cuando sonríe recuerdo el tiempo en el que cuidaba de los míos. A veces, por las noches, cojo mi vieja escopeta Remington y patrullo por la casa, sé que es ridículo pero me reconforta. Tal vez le enseñe al niño nuevo a cazar. En el bosque aún queda al menos un zorro, no puedo verlo y sin embargo sé que alguno hay porque he encontrado marcas de dientes en la madera de las cercas.

Nos han dado instrucciones muy precisas para el simulacro de evacuación. Qué cosas llevar, en qué fila ponernos, los documentos de identificación que debemos portar. Nos preocupa el niño, cómo esconderlo, con qué documentos acreditarlo. Ayer discutimos al respecto. Ella cree que si la evacuación llega a producirse, con el enemigo, por así decirlo, a las puertas, no habrá tiempo de ser muy meticulosos y nadie preguntará demasiado, pero yo desconfío, conozco a la gente de la comarca y la envidia que algunos nos tienen, y no quiero darles la oportunidad de hacernos daño. Por otro lado, los dos coincidimos en que de ninguna manera podemos dejar al niño solo, a merced del enemigo o, peor, de la hambruna, si es que el enemigo tarda en llegar.

El simulacro de evacuación se ha suspendido, al parecer ya no hay tiempo. Esta mañana nos han anunciado el traslado definitivo porque la guerra se está perdiendo, y por nuestro propio bien, así nos lo han dicho, debemos abandonar nuestras casas. Nos van a proteger mejor.

Es todo por nuestro bien.

Aquí mismo, entre lo nuestro, según se rumorea, crecen los espías y se esconden las ratas, o crecen las ratas y se esconden los espías, no lo he entendido muy bien. El caso es que nuestras propiedades serán confiscadas pero respetadas, y que tal vez, en el mejor de los tal veces, podamos volver algún día a nuestras tierras, cuando acabe la guerra y se termine la desconfianza.

Dicen que el nuevo lugar es más limpio que éste, un espacio cerrado y diáfano donde nada malo podrá esconderse ni hacernos daño. Lo llaman la ciudad transparente.

Los responsables de lo nuestro piensan por nosotros mientras piensan en nosotros. El agente de zona habla con mucho sentido y dice lo que le dice el gobierno que diga. Es de suponer que el gobierno sabe bien por qué dice y hace las cosas.

Tenemos una semana para preparar la partida. Nos han reunido en el consistorio y nos han explicado que esta ciudad transparente no es un exilio, ni una cárcel, sino un refugio. No sé si todos lo han entendido y se han escuchado muchos murmullos, preguntas, por otro lado lógicas, y más de una protesta. El de la piscifactoría ha preguntado cuánto tiempo se suponía que íbamos a pasar en ese refugio y si eso nos convertiría en refugiados, y el agente de zona nos ha explicado que no se trata de un refugio temporal sino de una ciudad segura en la que comenzar a pensar en el futuro. Entonces otra, que creo que es contable en la administración local, ha preguntado si es que no vamos a volver nunca, y uno del fondo, al que no he reconocido, ha dicho que ni hablar, que a ellos no los movía nadie, y el agente ha empezado a impacientarse con tantas preguntas y ha tratado de zanjar el tema diciéndonos que toda la información pertinente nos será dada al llegar. Con eso yo ya tenía bastante, pero el resto de los vecinos no, y muchos se han puesto a gritar más preguntas y más protestas, hasta que el agente de zona ha sacado el revólver y ha disparado al aire para que se callaran todos. Establecido el silencio por las malas, ha terminado diciendo que nuestras preguntas escapaban a sus competencias, pero que cada una de nuestras por otro lado lógicas inquietudes sería resuelta por una autoridad superior en su debido momento.

Nosotros no hemos dicho ni mu. Tenemos nuestros propios problemas.

No sabemos cómo esconder al niño que no es nuestro, estamos tratando de idear algo que justifique su presencia y resulte creíble. Cuando se para el ruido de las bombas, crece el rumor de las sospechas. Todos los días detienen a algún vecino. Nunca dan explicaciones, los culpables saben bien lo que se traían entre manos, los inocentes estamos a salvo. A la ciudad transparente sólo irán aquellos que estén libres de sospecha. Hay delatores que delatan a otros delatores. Ayer se llevaron al jefe de correos, dicen que leía las cartas y las cerraba de nuevo antes de entregarlas. Dicen que el enemigo no duerme, que podría estar en todas partes y ser cualquiera. Tenemos dos hijos en la guerra y eso nos hace estar por ahora tranquilos, el valor de nuestros hijos asegura nuestra condición y nos hace merecedores del respeto de los vecinos. Somos padres de combatientes y por eso al pueblo no le cabe duda de nuestra lealtad; nadie traiciona a sus propios hijos. El problema es el niño y lo sabemos. Escondemos a un niño sin saber de dónde viene y eso podría hacernos parecer culpables. Hay que hacer algo con el crío. Mientras preparamos las maletas, también hacemos planes. Hablamos en voz baja por las noches, con la luz apagada, como si alguien nos espiara. Creo que los dos tenemos miedo.

Ella está de acuerdo en que lo hagamos pasar por un sobrino, parece la opción más sensata. Mucha gente ha muerto en esta guerra y no es extraño que cuidemos de los hijos de nuestros muertos. Yo no tengo hermanos, pero ella tiene dos en la capital, no en edad de ser soldados pero bien podrían haber sido víctimas de los bombardeos. Para que te caiga una bomba encima no hay edad ni condición precisa, cualquiera sirve. Ella no sabe nada de sus hermanos desde hace tiempo, podrían estar muertos. Los teléfonos dejaron de funcionar hace más de un año, el correo llega tarde (y al parecer ya leído), todo es posible en principio. Ni que decir tiene que al niño le estamos buscando un nombre y esperamos que responda al decirlo, o que al menos se gire. Si uno se gira al oír un nombre, quiere decir que ese nombre es el suyo.

No nos ponemos de acuerdo con el asunto del nombre pero coincidimos en que cuanto antes se lo aprenda mejor, tiene que acostumbrarse el pobrecito. A mí me gusta Julio pero ella prefiere Edmundo, que a mí me suena largo y complicado y a nombre falso. Creo que si insisto lo suficiente, se llamará Julio. Los nombres de nuestros verdaderos hijos los eligió ella, me parece justo elegir yo el nombre de este extraño.

Estamos ya en la semana de la partida, por la noche miramos la casa desde fuera, desde el jardín muerto, para hacernos a la idea. Hemos follado un par de veces desde que nos dijeron que tendríamos que irnos, no sabemos si en la ciudad transparente se podrá seguir follando.

Es bien sabido que la transparencia afecta a la intimidad.

Esta mañana nos ha llegado un rumor, y por la tarde nos lo ha confirmado el agente de zona; a la ciudad habrá que llevar muy pocas cosas. Muebles no, que no hay camiones previstos para el traslado, y libros tampoco, que allí ya tienen, dos retratos por pareja, de los padres de cada cual, y las fotos de los hijos para quien los tenga, pero sólo una por hijo, no más. En la ciudad transparente casi todo tiene que empezar de nuevo. Nada que limpie porque la limpieza corre a cargo del gobierno provisional, nada que manche para no hacer más difícil su trabajo, algo con lo que practicar deporte, una pelota, una raqueta, un ajedrez, por más que muchos se lo tomen a broma el ajedrez es un deporte, nada de armas, que la ciudad nos protege, esquís no porque no hay nieve. Un bañador por persona porque hay piscina, las gafas de ver y las lentillas, ninguna medicina, que éstas nos serán administradas una vez allí de acuerdo a una somera revisión de nuestras dolencias. El agente de zona dice que allí podremos ser tan felices como en cualquier otro sitio, y que estaremos sobre todo, y por encima de todo, protegidos. Ella lo duda, y yo me temo que también, pero qué le vamos a hacer, hay que confiar en el gobierno, aunque sea provisional. La alternativa es la muerte o la anarquía. Dos cosas que ni ella ni yo queremos en realidad. Casi me hace ilusión esta aventura tan segura.

Mientras nos preparamos vamos llamando al niño por los dos nombres, Julio y Edmundo, y no se gira al oír ninguno, es de suponer que tiene nombre propio pero ése seguimos sin saberlo, como no dice nada...

Ella grita Edmundo y yo grito Julio, pero el crío no hace ni caso, al final ella se ha agotado y ha cedido. Será Julio a partir de ahora.

Queda poco para salir de aquí, nos han dicho que hay que quemar la casa, para que no pueda servir de morada al enemigo, pero que el terreno seguirá por ahora a nuestro nombre, y que después de la guerra, si es que el gobierno así lo decide y se considera pertinente, habrá ayudas oficiales para la reconstrucción. Alguien ha preguntado si eso quería decir que podríamos volver, y el agente de zona ha dicho que eso no quería decir nada todavía, y otro ha preguntado si nos devolverían WRIST y las unidades de pulso, y el agente ha afirmado con rotundidad que el sistema WRIST ya no volvería nunca, pues había quedado demostrado que era fuente de sedición, y a la siguiente pregunta, ¿Habrá que lavar a mano o a máquina?, el buen hombre se ha hartado, no sin cierta razón, de dar explicaciones y se ha limitado a contestar que esa información en concreto superaba y excedía con creces su conocimiento y sus competencias.

Lo cierto es que el agente de zona no parece saber mucho mejor que nosotros ni dónde estamos ni adónde vamos. He de reconocer, y no es por presumir, que de eso me di cuenta hace tiempo, y por eso nunca pregunto nada. Por si acaso no voy a llevar prendas delicadas. No vaya a ser que lo laven todo junto.

Nos han dado dos bidones de gasolina para quemar la casa. Claro que he pensado en rellenar el depósito del coche y largarnos por nuestra cuenta, pero ayer nos los requisaron, porque ellos habían pensado mucho antes en lo mismo. A la ciudad transparente iremos en autobuses con aire acondicionado. Las vías del tren han sido saboteadas.

Quemar nuestra casa no va a ser fácil, porque es nuestra, ella se echa a llorar con sólo pensarlo y yo trato de consolarla; no es que a mí no me dé pena, es que he adquirido con el tiempo el hábito de hacerlo. La casa, además, es de ella y antes fue de la familia de su primer marido, así que es normal que a ella se le remueva más el alma por dentro.

Ella, como todas las mujeres, es más fuerte que los hombres, pero a veces se rompe y la abrazo. Lo hago ya sin darme cuenta, es lo que he hecho toda la vida. Mi padre también lo hacía con mi madre.

Julio sonríe como si la cosa no fuera con él, tiene la ventaja de ser inocente, al menos por ahora; si algún día descubren que no es nuestro, se va a enterar... En fin, Dios no lo quiera.

Nos quedan sólo dos días para quemarlo todo y salir de aquí, las maletas ya están hechas. Hemos dormido fatal, pero eso es algo que cualquiera en su sano juicio puede comprender, no se abandona lo que ha sido un hogar así como así, y además había luna llena. La luz blanca se colaba entre las cortinas y no tuvimos más remedio que contemplar lo que era nuestro hasta hace nada con excesiva claridad.

Al amanecer caímos por fin rendidos.

Nos despertó el llanto de Julio. A veces llora como un bebé, cuando tiene pesadillas. No sabemos con qué sueña porque sigue callado, pero cuando se abraza contra ella se tranquiliza. Los niños y los animales se inquietan con los cambios, él intuye que nos vamos, ha visto su maleta, también ha visto los bidones de gasolina en el salón aunque no sé si sabe lo que tenemos que hacer con ellos.

Ha desayunado bien, le hemos dado casi todo lo que nos quedaba aunque ella ha escondido unas cuantas latas entre nuestra ropa, a pesar de que nos han asegurado que no nos faltaría comida. Ella no se fía, y no la culpo. Después de lavarnos hemos ido a dar un paseo por la propiedad, hasta el bosque. No sabemos cuándo podremos volver y ha sido un paseo extraño. No para Julio, él iba tan contento, subiéndose a las ramas y persiguiendo a las moscas; ardillas hace tiempo que no quedan. Es muy difícil saber qué piensa un niño pero está claro que el día no le asusta, sólo le asustan sus sueños. A nosotros nos asustan los días, las cosas reales, saber que tal vez no volvamos, o no saber quiénes seremos al regresar, si es que llega ese día. Por supuesto que me he llevado la escopeta al bosque, y hasta le he disparado a un gorrión. No suelo tirar a los pájaros, pero es que en el bosque ya no hay nada más a que tirar. No sé cuándo podré cazar de nuevo, en la ciudad transparente las armas están prohibidas. En cualquier caso, no tengo intención de quemar mis escopetas junto al resto de la casa, he decidido enterrarlas en sus fundas mientras ella y el niño duermen. No pienso decirles nada, ni a ellos, ni al agente de zona, ni a nadie. Un hombre hace con sus escopetas lo que quiere. Faltaría más.

Julio se ha perdido un par de veces por el bosque, le hemos llamado por su nuevo nombre y ha vuelto. Al menos en algo he acertado. Julio es un buen nombre.

Hemos recogido moras y algunas flores, queremos que esta última cena sea especial. Especial es todo lo que no se repite a menudo, y más especial aún es lo que a lo peor no se repite ya nunca más.

No sé si lo he dicho antes, pero ella es una cocinera prodigiosa. Las patatas viejas tienen un punto amargo y su salsa de tomate dulce lo suaviza. Ella tiene muchas otras capacidades además de la cocina, con frecuencia me ayuda a no llorar, y otras veces me entretiene con sus disparatadas historias. Eso es algo que admiro de ella y que yo nunca supe hacer: inventar historias. No es extraño que Julio esté casi siempre a su lado ahora que ya se sabe su nombre e incluso antes de saberlo. Nuestros hijos hacían lo mismo. La gente que sabe contar historias siempre tiene compañía.

Después de mucho meter y sacar, doblar y apretar, esconder y eliminar, considerar y desconsiderar, preparamos las tres maletas con lo necesario para nuestra vida en la ciudad transparente. Las hemos dejado junto a la puerta principal.

En esta casa nacieron nuestros hijos y bebieron su primer sorbo de leche del pecho de una nodriza que murió antes de la guerra pero por culpa de esta guerra. Era extranjera, de la tierra de los enemigos, y fue desterrada al comenzar las tensiones, poco después del asesinato de los doce justos. A los doce justos los mataron por su fe, lo cual es extraño teniendo en cuenta que por aquí nadie creyó nunca mucho en nada, pero los doce justos rezaban y fueron los primeros en caer. Una sola bomba acabó con los doce, y si bien nunca se encontró al responsable de tal desgracia, nada más suceder la desgracia en cuestión se culpó a los enemigos. Los periódicos dijeron entonces que la guerra era inminente y comenzaron las deportaciones. Nuestra nodriza murió en un campo de refugiados cerca de la frontera. Nuestros hijos ya no la recordaban cuando partieron a la guerra, nunca les dijimos nada. Cuando estalló la guerra, Augusto tenía nueve y Pablo ocho. Toda su vida la han vivido en guerra, pero hicimos lo posible para que no se dieran cuenta. Sólo hace tres años que las bombas empezaron a oírse cerca, antes de eso era sencillo hacerles creer que esta guerra en realidad no existía. Durante mucho tiempo vivimos alejados de la desgracia, antes de que la desgracia se extendiera hasta el monte y el valle, el pueblo y el bosque y toda la propiedad, antes de que el miedo invadiera la comarca entera, antes de que llegaran noticias de que la capital había caído, antes de todo esto.

Ella y yo ya sabíamos que nuestros hijos serían soldados si la guerra se alargaba, y por eso veíamos a escondidas las noticias con la esperanza de un armisticio que nunca llegó. La guerra dura más de una década, la más larga que hayamos visto nunca en nuestras vidas. La cara de la nodriza era dulce, surcada por las arrugas que marca el aire en el rostro de quienes trabajan desde niños de sol a sol y a la intemperie, y su pecho era pálido y generoso. Nunca pensamos que pudiera hacernos daño, pero el gobierno pensó otra cosa. Para un hombre es más fácil ser confiado, pero un gobierno tiene que preocuparse a tiempo, e incluso antes de tiempo, por todo aquello que pueda a la larga hacernos daño. La responsabilidad máxima exige la máxima vigilancia. Así debe ser, creo, por eso no me opuse cuando se llevaron a la nodriza y por eso mi mujer tampoco dijo nunca nada en su defensa, a pesar de que la nodriza había cuidado con cariño a nuestros hijos y jamás, en nuestro entendimiento, nos quiso mal.

Poco a poco se fueron llevando a todos los que componían el servicio de la casa, y a los inmigrantes que cuidaban el jardín y las tierras, y luego se fueron los chicos a filas, y al final nos quedamos solos hasta que llegó este crío, Julio, al que no queremos perder. Miro las tierras y ya no veo nada de las cosas que antes hacíamos con las manos. Ni la mies segada ni la fruta en los cestos, ni madera que cortar, ni mala hierba que arrancarles a los rosales, pues ya es todo la misma hierba crecida y sin forma y sin flores. Tampoco asoman ya las comadrejas, ni los lirones, ni hay alimañas que se escondan entre las tejas, ni avispas que golpeen las ventanas. Ya no hay ni ladrones a los que azuzar con la escopeta, ni extranjero a quien colgar. Por estas tierras ya no pasa más que el agente de zona, y su sola presencia parece alejar a todas las bestias, grandes y pequeñas. De lo que era nuestro ya sólo queda la sombra de la casa y la casa misma. Los nombres de los que dormían bajo nuestro techo y en las caballerizas los hemos ido olvidando y no recordamos más que el de Augusto y el de Pablo, nuestros dos hijos soldados. De Augusto recibíamos carta muy de tarde en tarde, y de Pablo nunca. Cualquier día nos los matan, si no lo han hecho ya. Eso dice ella siempre, cualquier día nos los matan. Lo dice constantemente y yo le digo que no, que no, mujer, pero ella sigue como si no me oyera. Si se empeña en algo no hay quien la saque, es terca como las mulas. Si quiere hacer pasteles los hace aunque no haya azúcar, y después se enfada si no me los como. Por lo demás es buena mujer y capaz y limpia, y a pesar de haber sido educada para señora no se le caen los anillos por deslomarse la primera. Cuando nos quitaron las yeguas le daba vueltas al pozo empujando la estaca con las manos, y así le salieran llagas no paraba hasta tener agua para todo el día. El agua corriente la cortaron al principio de la guerra, o antes, cuando la guerra sólo era una palabra que se decía y se repetía como si no hubiera otra.

El primer agente de zona nos avisó del corte y llenamos las bañeras y todas las jarras como si nos fuera a durar para siempre, y después vivimos de lo que la lluvia deja en el pozo y rezamos para que no volviera la sequía, y cuando la hubo pagamos con las cuatro joyas antiguas que ella aún guardaba el agua de los camiones cisterna. Joyas ya no nos quedan, ni casi nada con que pagar, y lo poco que tenemos da para las patatas y la leche. La tierra, de no labrarla, se está quedando estéril y pronto no habrá en todo el valle nada que llevarse a la boca, por eso no es tan malo que nos saquen de aquí y nos quemen la casa, o nos la hagan quemar, porque es casi seguro que vamos a estar mejor al cuidado del gobierno que al nuestro, teniendo en cuenta que cuidarnos ya más, en la tierra baldía, no es posible. Un hombre que no provee a los suyos se va haciendo pequeño hasta que no existe, y antes de que eso pase acepta uno de buen grado lo que el gobierno disponga. Luego nos dirán allá en la ciudad nueva cómo ganarnos cada uno la vida, y al parecer y según dice el agente de zona se han pensado tareas y empleos para todos de acuerdo a nuestras aptitudes, para que nadie coma la sopa boba ni se distraiga sin hacer nada, que no hay cosa que distraiga más y con menos provecho que la vagancia. Conforme lleguemos se nos darán ocupaciones, no muy importantes al principio pero suficientes para que estemos a lo nuestro y sin molestar el curso de lo general, lo común y lo necesario, que allí, según nos cuentan, no se permiten ni el alboroto ni los disturbios, cosa que he de reconocer me tranquiliza, pues todo lo bueno se construye en orden y lo demás es pasto abonado para los sinvergüenzas, los haraganes y los robagallinas, y de ésos a nada que te descuides salen dos de cada diez entre los ciudadanos a simple vista más decentes. Si algo nos dejan claro con respecto a lo que vamos a encontrar en la ciudad nueva, es que no se van a permitir desmanes ni jaleos y que habrá quien vigile que sea todo recto, pues entre mucha gente junta, los torcidos hacen enseguida de astilla y las astillas se clavan profundo o se amontonan y hacen fuego. Cuando se trabajaban las tierras cada uno se cuidaba de lo suyo y había espacio para todos, pero si hay que vivir juntos y desarmados, más vale que nos vigilen a todos que tener que pagar por culpa de algunos. Ella dice que no se imagina cómo será la vida allí y yo le digo que no importa y que no viene al caso imaginar lo que se va a ver pronto y sin remedio. Al niño Julio le hemos contado lo del traslado y o no le importa o no lo ha entendido, porque ha seguido sonriendo como si la cosa no fuera con él. No lleva tanto tiempo en la casa como para haberle cogido apego, y las tierras no las ha visto cuando eran hermosas y ricas, así que ésa es una pena que no tiene. Tampoco ha jugado con los caballos ni ha cazado en el bosque, y en realidad de lo bueno de esta casa o de nosotros apenas ha conocido nada, de manera que lo que venga no tendrá con qué compararlo, ni tendrá su futuro la sombra de nuestro pasado. No va a perder amigos con el traslado, pues en las fincas de alrededor no quedan niños y en el pueblo tampoco, los que había se los llevó el hambre o la gripe; los chicos mayores están en la guerra y de los hombres de edad sólo quedan los viejos del pueblo, los gitanos del valle y, en el monte al otro lado del bosque, los dueños del agua, que son los que nos venden el agua en cisterna cuando hay sequía, pero los dueños del agua son gente muy importante, de la que se ve sólo en fiestas y apenas si se cruza palabra con ellos de tanto respeto, o miedo, que todo el mundo les tiene. Yo con los dueños del agua cambié en todo este tiempo poco más que los buenos días y las buenas tardes. Ella sí hizo algo de amistad con la mujer, la dueña del agua como la llaman, que el agua era en realidad suya y la heredó de su padre, y hasta tomaban el té en la mansión alguna vez, pero al marido no le gustó tanta intimidad con los vecinos y mi mujer no volvió nunca a pisar los lujosos salones de los dueños del agua. Si la nuestra es una buena casa, no tiene sentido quejarse, la suya es una mansión como Dios manda, con tantos criados que cuando los armaban para la caza parecían un ejército. Ella me ha preguntado si la mansión también tendrán que quemarla, y yo le he dicho que no creo porque a gente tan importante le darán sin duda otro trato a pesar de la guerra y la evacuación; es más, en el pueblo he oído entre los de correos que a lo mejor ni los trasladan, y que si lo hacen, no será con el grupo de todos sino en uno distinto que va a un lugar diferente y supongo que mejor, dada su importancia. Vaya usted a saber, porque en el pueblo se habla mucho sin conocimiento y se dicen de los muy ricos siempre cosas extrañas más que nada por envidia. Tampoco tiene sentido andar haciendo cábalas, porque muy pronto saldremos de dudas y cuando nos veamos en la fila sabremos quién viene con nosotros y quién no.

De quemar la casa me encargo yo, que no quiero por nada del mundo que ella se haga daño, lo haré según me han dicho y utilizando los bidones de gasolina que me han dado. No entiendo que en tiempo de carencias se gaste tanta gasolina, al fin y al cabo bien podría quemar yo la casa con un poco de alcohol y cartones y lana, pero las órdenes vienen en papel sellado y a esos papeles es mejor obedecerlos sin rechistar ni dar ideas, que la propia intención despierta más de una sospecha, sobre todo cuando hay guerra y enemigos bien dispuestos a aprovecharse de cualquier cosa que haga daño a la moral.

Lo de cuidarla tanto no es nuevo, porque siempre la cuidé lo mejor que supe cuando era el capataz de esta tierra y cuando ella después de enviudar me hizo su dueño. De nuestro amor se dijeron cosas horribles en el pueblo, pero no es cierto que yo me atreviera a mirarla a los ojos ni por supuesto a nada más en vida del difunto señor, y fue su amor el que me hizo dueño y no mi ambición. Ella me escogió para llevar el nombre de la casa, ella me dio lecturas, ella me instruyó con paciencia, hasta que no fui más el que era y empecé a ser el que soy. A nuestros hijos nunca les contó nada del pasado, ni les dijo nunca que antes de pagar yo los jornales estaba en esta tierra a sueldo. Se enteraron en la escuela, y si les hizo daño jamás lo supimos, pues los criamos para ser fuertes, callados y de una pieza, por eso son tan buenos soldados, y prueba de ello es que llevan tres medallas uno y dos el otro en la pechera. Medallas de coraje, no de favores ni despachos, medallas de soldado. Cuando pensamos que están muertos, y lo pensamos a cada rato, no nos quita el dolor ni el miedo repasarles con la imaginación las medallas, pero sí que noto cómo nos tiran las costuras del orgullo, los hilos de ese traje de gala que todo padre se pone al mirar de lejos a sus hijos, por más que los queramos vivos y sanos y de nuevo cerca.

Cuando queme la casa, ella no debe ni verlo, por eso le he dicho que espere en la estación de autobuses, que, según nos han informado, allá se van a juntar las mujeres mientras los hombres lo destruimos todo para que los enemigos no lo aprovechen. Así lo dice el papel sellado que nos dio el agente de zona y así lo haremos, que con las cosas del gobierno no conviene andarse con tonterías ni demoras. Lo que a cada uno le duela lo suyo es asunto de cada cual, y andar llorando como niños no sirve de nada cuando lo que urge es la acción, el coraje y la estrategia. El agente de zona se ha tomado su tiempo en explicárnoslo todo para que no haya errores ni confusiones y nos ha comentado en voz baja, como quien se excede por una vez en sus obligaciones por amistad y confianza, que son de máxima importancia para el plan trazado por el gobierno la obediencia y la buena disposición de cada uno. Por más que vayamos en fila no somos pequeños, y la victoria final depende en gran medida de nuestro esfuerzo y tesón. Tal cual nos lo ha dicho, y si sonaba a propaganda no era culpa suya, del agente de zona, sino de aquellos que le enseñaron a decir lo que dice. Antes de este agente de zona había otro que hablaba igual, pero a ése lo mataron por culpa de las sospechas, de modo que ser agente de zona y repetir al pie de la letra las instrucciones del gobierno tampoco asegura nada, que aquí a poco que te sigan los rumores estás frito. Es ella la que me ha enseñado a desconfiar de lo que nos cuentan, porque yo antes era más hombre de labores que de letras, y es ella la que me ha enseñado también a obedecer pese a la duda, que una cosa y la otra no se estorban. Según me lo ha explicado ella, o según yo lo he entendido, se obedece porque conviene y se duda porque se piensa. Y si una cosa salva la vida, la otra al parecer salva el alma. Por eso me ha convencido de llevar nuestro pequeño engaño adelante y no decir nada a nadie de nuestro niño Julio, ni lo que es cierto, se entiende, ni lo que podrían imaginarse, y de poner en cambio mucho entusiasmo en la mentira que hemos fabricado, lo que ella llama nuestro cuento.

Ella dice que es el cuento lo que importa y no la realidad que lo sujeta. Como ella es mucho más inteligente que yo, le hago caso en todo y ahí ni dudo ni obedezco, sino que actúo con libre convencimiento. Abandonar al niño a su suerte no nos parece a ninguno cosa de Dios, y sabemos que cuidar de las criaturas desamparadas, vengan con nombre o sin él, a los ojos del Señor es justo y bueno y nada malo para el corazón nos puede traer.

Ella se ha ido al caer la tarde con su maleta hacia el pueblo, son casi dos horas de camino pero es fuerte y lleva un paso que hasta costaría trabajo seguirla. Me ha dejado aquí al niño porque yo se lo he pedido, pienso que la casa al caer la noche hará un fuego fabuloso y no hay niño al que no le guste el fuego.

El crío me ha ayudado con los bidones de gasolina y hemos rociado cada cuarto y después, con cuidado, los cimientos. No le he dejado encender el mechero porque tampoco quiero que nos salga pirómano o que se divierta demasiado con algo que después de todo, y por mucho que le convenga a la estrategia del gobierno provisional, significa el fin de todo lo que éramos y de todo lo que teníamos.

Al ver arder la casa, el asombro se ha puesto en el lugar donde yo esperaba que llegase la pena, y es que ha ardido tan deprisa que parecía construida con palillos en vez de estar hecha de recia madera y al poco, mientras el niño y yo nos frotábamos los ojos por el calor y las chispas, ya no existía.

Supongo que así desaparece todo.

En la estación de autobuses había un barullo tremendo, y al llegar el crío y yo, perdidos entre tantas caras tristes y tan iguales y tanta y tanta gente, nos ha costado un buen rato dar con ella. ¡La alegría que nos ha dado a los tres volver a estar juntos! Como si hiciese muchísimo que no nos veíamos cuando en realidad apenas han sido unas horas. Ya bien entrada la noche aún no habían llegado los autobuses, pero según el agente de zona lo primero era hacer derechas las filas y revisar los nombres y las maletas. En la primera cuenta han salido treinta personas de más, pero eran todos gitanos y se los han llevado enseguida, no sin ruido, pues los gitanos son gente muy ruidosa y a poco que les hagan lloran y gritan como si los estuvieran despellejando. Estaba claro, y así lo habían avisado por escrito y a viva voz, que los gitanos no venían a la ciudad transparente con el resto de nosotros, así que no se entiende a qué tanto escándalo. En fin, los han sacado de la fila y a pesar de la tremolina no les ha quedado más remedio que regresar al valle. Yo con los gitanos nunca he tenido nada, nada bueno ni nada malo; si los veía cerca de las cuadras, las gallinas o el huerto, me colgaba la escopeta y santas pascuas. No hay gitano en el mundo que no respete una escopeta. Cuando se han marchado, se ha vuelto a hacer recuento, y en esa segunda criba sólo han salido dos de sobra, no por gitanos sino por extranjeros. Los han apartado con cuidado y les han quitado sus maletas, no han dicho qué harán con ellos, pero es de suponer que irán derechos al campo de prisioneros. Al parecer nadie los conocía, y si los conocían han hecho como que no. Yo no he tenido que mentir, porque en la vida los había visto. Eran una pareja joven y estaba claro que eran desertores, al menos él, que si fuera de aquí y con esa edad, y sano, sería soldado en la guerra como nuestros hijos. De Julio por ahora nadie ha dicho nada, es obvio que se le da por familia; somos de aquí y algo principales y con dos hijos si no héroes, cuando menos soldados. Yo rezo para que vaya todo bien y trago saliva.

Del resto de la fila no han sacado a nadie, aunque sí les han quitado a algunos muchas cosas, que mira que decía el papel del gobierno que sólo se permitía una maleta pequeña por persona, pues los había que menos la cama de matrimonio y el reloj de pared parecían querer llevárselo todo encima. Hasta un violonchelo he visto que sacaban, que hay que estar chiflado para querer meter un violonchelo en un autobús de evacuados. Ni que nos fuéramos de gira musical.

46

Al llegar nuestro turno hemos enseñado los papeles, pero el agente de zona nos conoce bien y no ha habido otro problema que el niño, aunque con eso ya contábamos. Ahí la he dejado hablar a ella, que como es una señora de los pies a la cabeza se lo ha explicado todo sin que le temblara nada la voz, y le ha hablado desde tan alto que el agente ha bajado la cabeza y hasta le ha acariciado el cabello a nuestro falso sobrino con cariño y con pena cuando ella le ha contado que es huérfano reciente y que está afectado y casi mudo por el dolor. El crío se ha portado requetebién, y ha puesto tal cara de tristeza que si hubiese sido actor de cine le habrían dado un premio y todo. A mí me han sudado las manos hasta que el agente de zona ha estampado los papeles con el sello oficial y ha continuado con los siguientes en la fila. Mientras hablaba con nosotros y preguntaba por el crío he oído cuchicheos, pero tampoco la gente nos conoce tanto como para saber nada de lo nuestro, apenas bajábamos al pueblo para las fiestas, y las compras grandes las hacía yo en la ciudad con el coche. Envidia siempre he sabido que nos tenían, y era de esperar, porque después de la finca de los dueños del agua teníamos la casa más grande de la comarca. Por cierto que, como le dije a ella, los dueños del agua no estaban en las filas de la estación y yo, aunque no lo mencioné, me alegré tontamente de llevar razón, y menos mal que no presumí ante ella porque hubiese quedado como un rematado idiota. Cuando terminó el recuento de toda la fila, llegaron los dos dueños en coche y hasta conducidos por un chófer. No era su coche sino uno del gobierno, con placa oficial y bandera en la antena. Me sorprendió tanto verlos que le tiré a ella de la manga, pues el agente nos había pedido, o más bien exigido, silencio. Ella me calmó tomándome la mano, como dando a entender que ya nada podía sorprenderla.

Los dueños del agua no se bajaron del coche hasta que no estuvo todo listo ni enseñaron papeles al agente de zona, y cuando por fin llegaron los tres autobuses se subieron al primero y a la cabeza de la primera fila, la nuestra, mientras los demás esperábamos pacientemente. Una vez que estuvieron dentro nos dijeron a los demás que subiéramos por orden, según estábamos colocados en la fila. Cuando por fin subimos, no sé bien por qué me tranquilizó verlos ahí, y sin saludar a nadie nos acomodamos lo más rápido que pudimos, pero mucho más atrás, casi en los asientos del fondo. El agente de zona revisó uno por uno los tres autobuses y nos contó otra vez a todos. También nos felicitó por haber cumplido los trámites con disciplina y nos animó a relajarnos un poco y charlar si queríamos, porque el viaje iba a ser largo.

Al niño lo pusimos entre ella y yo, ocupando los tres sólo dos asientos. Las maletas las colocamos en la repisa sobre nuestras cabezas, eran maletas pequeñas tal y como nos habían pedido. Ella besó al niño en la frente al arrancar el autobús, y a mí en los labios. Aunque ya teníamos permiso para hablar, no se me ocurrió nada que decir.

Tomamos el camino de la ciudad y al pasar bajo el monte vi el humo de nuestra casa, pero al otro lado del bosque no vi humo ni nada. La mansión de los dueños del agua no la habían quemado, al menos en eso llevaba yo razón. Al poco de cruzar el valle nos desviamos, dejando la carretera principal de lado, y tomamos por el viejo camino de la comarca, dejamos atrás el lago, subimos el puerto y bajamos hasta cruzar el límite de la comarca vecina. Al pasar por el siguiente pueblo vimos que estaba vacío, seguramente lo habían desalojado antes que el nuestro, y así fuimos encontrando todas las villas desiertas, y sentí que estaban sin gente desde hacía poco porque aún había cosas en la calle, muebles, ropa, maletas abiertas e incluso luz en alguna ventana, puede que más por un olvido que porque quedase nadie dentro, y así fueron pasando los pueblos como fantasmas sin nombre hasta que nos alejamos tanto que empecé a no reconocer nada. El crío iba dormido, y la charla en el autobús había ido decayendo hasta que casi nadie hablaba y sólo se oían los ronquidos. Ella estaba despierta y miraba distraída por la ventanilla, era difícil saber lo que pensaba y cuando le pregunté, me dijo que no pensaba en nada, si acaso en cómo sería la ciudad transparente y si sería de cristal o de cualquier otra cosa, y si tendríamos sitio para estar bien todos y si habría colegio u otros niños al menos, aunque lo del colegio no le preocupaba tanto pues bien podría ella enseñarle a Julio lo que había que saber. No le faltaba razón, yo antes de que ella me tomara como dueño y esposo apenas si sabía de cuentas y de albaranes, ni de letras de cambio, y de las cosas del mundo nada de nada, en fin, que sabía trabajar con las manos, y leer y escribir de corrido, y poco más, y que era útil para las cosas de hacer pero no para las de pensar, y fue ella, con sus libros, la que me fue enseñando paso a paso a imaginar y recordar, y a poner en claro las ideas que se me fueran ocurriendo y hasta los sentimientos que tenía ya de antes sin saberlo del todo. Con su ayuda aprendí deprisa y eso que yo nunca me tuve por brillante, porque creo que nunca lo fui. Con nuestros hijos, que por venir de ella y de su misma sangre eran más inteligentes que yo, había hecho un trabajo aún mejor que conmigo y hablaban los dos que daba gusto oírlos. A mí, que no he conocido nunca a nadie importante, me sonaban como príncipes. Nuestro nuevo crío, Julio, aunque no habla todavía, parece muy despierto, así que no me cabe la menor duda de que ella sabrá hacer de él un muchacho capaz y bien preparado. Claro que si sigue mudo tendrá problemas. Bien mirado, y con la guerra ahí fuera, tal vez menos que los que hablan demasiado.

Como la vi cansada, no le pregunté nada más y yo mismo cerré los ojos, no sé cuánto tiempo, y soñé que estaba cazando con mis hijos verdaderos y que matábamos un jabalí y un conejo, y en eso estaba yo, en mi sueño, desollando las piezas, cuando me despertó el ruido de los aviones. Primero zumban los aviones y enseguida silban las bombas, así que se acostumbra uno a despertarse de golpe y a espabilar rápido como cuando lloran los niños en mitad de la noche. Después de silbar las bombas reza uno muy deprisa lo que se sabe, como cuando suenan los truenos y se temen los rayos. Cayeron tres. Dos no le dieron a nada y sólo dejaron agujeros grandes a cien metros de la carretera, la última acertó con el autobús de en medio. Nuestro conductor se detuvo, pero el dueño del agua se puso en pie y le mandó seguir y el conductor obedeció. No sé si el dueño del agua manda algo todavía y aquí dentro, pero hay gente que de tanto mandar tiene una voz que se obedece. El agente de zona no viene con nosotros y no sé si viaja en el segundo autobús, el que ha destrozado la bomba, o en el tercero, ni siquiera sé si viaja con nosotros o se ha quedado en el pueblo.

El caso es que hemos seguido y los aviones se han ido, y de la suerte de los del autobús alcanzado no supimos nada aunque lo más probable es que estén todos muertos. Ella se ha abrazado a mí con tanta fuerza que seguro que me ha hecho cardenales, pero el niño Julio ni se ha despertado, y nos hemos reído de eso, de ver cómo duerme el condenado por encima de las bombas, aunque también creo que estábamos contentos de seguir los tres vivos y de ir en este autobús y no en el otro. No hemos vuelto a mirar para atrás hasta después de un buen rato, por no ver los muertos, o peor aún, por no ver a alguien herido y abandonado a su mala suerte.

Cuando por fin nos hemos girado ya no se podía ver nada, y los dos autobuses que quedan siguen andando en la noche hacia donde sea que vayamos. El conductor ha apagado los faros, por si vuelven los aviones, y va más despacio aunque hay buena luna y se ve lo que hay delante. Y probablemente se nos ve a nosotros. Al poco de seguir se empezaron a adivinar las claras del día y ni los faros hubieran servido ya de mucho ni había bajo qué falsa oscuridad esconderse. Por lo largo que se hacía el viaje, me imaginé que estábamos cerca ya de la frontera, aunque como no teníamos desde hacía meses noticias ciertas de la guerra era difícil saber si la frontera seguía siendo la misma y qué porción de terreno era aún nuestra o del enemigo. Pasa a menudo en las guerras que los mapas sirven sólo por unos días, de tanto que se mueven las tropas de aquí para allá, adelante y en retroceso, de manera que las líneas dibujadas se van quedando despintadas y son los pies de los soldados los que marcan esto y lo otro, lo tuyo y lo mío. Con lo poco que conozco del país y lo mal que fui siempre en la escuela en geografía, me resulta difícil saber dónde estamos exactamente, pero me parece raro que la ciudad transparente o de cristal o de lo que sea pueda estar tan cerca de lo que era hasta hace nada territorio enemigo. También puede ser que pese al traslado y la penuria vayamos ganando la guerra y que estemos conquistando más de lo que nos conquistan. En el autobús se ha empezado ya con el desayuno, que cada cual llevaba al menos algo para el primer día, si no pan, que de eso no ha habido desde que encontraron al panadero sospechoso de delación, sí al menos un poco de cecina y algún arenque seco. De agua vamos bien porque el dueño del agua se ha subido una buena garrafa de seis litros, y de ahí supongo que sus órdenes aún funcionan y se siguen al pie de la letra. La máxima autoridad del autobús, sin lugar a dudas, es él, ya que es él quien reparte el agua, y como al conductor le ha dado de beber el primero se puede decir que lo lleva en el bolsillo y bien pagado. Como segunda autoridad, pues una vez saciada la sed ejerce como tal, el conductor nos ha avisado por la megafonía de que no bebamos más que la taza que nos pasan, que el viaje es largo y aún queda mucho para el destino. Así lo hemos hecho. No ha sido el dueño del agua, claro está, el que ha movido la garrafa entre las filas de asientos, sino el hombre sentado justo detrás de él, que gracias a esa casualidad se ha encontrado de pronto con un cargo de importancia y lo ha desempeñado con el rigor con que los generales llevan derechas las tropas. Si alguien pedía más agua, el buen hombre levantaba enseguida la mano, como si fuese a descargar un golpe, y a ese idioma no hay quien le ponga pegas. Una vez repartida la racioncita de agua, la gente se ha dado los buenos días y ha comentado sus cosas y al hablar tantos a la vez no se ha entendido nada, y el rumor del autobús ha sido por un instante no muy distinto al rumor del pueblo, al ruido que hace la gente cuando está junta. Julio se ha despertado muy hambriento y le hemos dado una lata de atún y nuestra última tira de panceta de cerdo. Nos ha dado las gracias con besos. A ella la había besado antes, pero es la primera vez que me besa a mí. He sentido mucho amor y muchas ganas de cuidarlo.

Hemos llegado al mediodía sin aviones ni más ataques, pero hemos visto por las ventanas tierra quemada como para acabar con el mundo entero y tantos agujeros de bomba y tantas tumbas marcadas con fusiles clavados en el campo que podríamos jurar que ya nadie más que nosotros sigue vivo. El paisaje se parece a los sitios que conocemos pero es otro, yo nunca he viajado mucho aunque me imagino que la tierra entera es así de un extremo a otro, es decir, lo mismo. De los libros que ella me dio a leer mientras trataba de instruirme saqué la conclusión de que no hay cosas muy distintas en ningún lugar del mundo y que por eso la gente se viste de colores diferentes y canta canciones distintas para soñar por un segundo que algo distintos son.

Nos estaban entrando hambre y sed, desde que la garrafa del agua había vuelto a su lugar de origen, y a buen recaudo, bajo los pies de su dueño, cuando sonó como un disparo el estallido de una rueda. Al principio pensé que era otro ataque, pero enseguida el autobús empezó a hacer eses sobre la llanta desinflada y el conductor gritó: ¡pinchazo! Y cuando el dueño del agua le pidió explicaciones, el conductor, no sin antes reducir la velocidad hasta detener el vehículo, tomó el micrófono de la megafonía y nos informó de lo que sucedía, sin dejar lugar a dudas. Señoras y señores, dijo muy tranquilo, hemos pinchado y, teniendo en cuenta que no llevo ruedas de recambio, el viaje a partir de aquí seguirá a pie.

El dueño del agua, ya a todos los efectos comandante en jefe de la expedición, le pidió muchas más explicaciones y sugirió cambiar las ruedas de sitio, pero el conductor le replicó que, por si nadie se había fijado, éste no era un autobús de dieciocho ruedas, ni de diez ni de ocho, sino un pequeño y viejo autobús de cuatro ruedas sin llantas de repuesto, y que sin una llanta no había nada que hacer y que mejor se sujeta un ser humano sobre sus dos pies que un viejo autobús sobre sólo tres ruedas. Una vez que se dio por satisfecho con la explicación, cosa que costó no poco, el dueño del agua nos invitó a salir ordenadamente y a esperar la asistencia del último autobús de nuestro pequeño convoy. Según lo decía, el tercer autobús, que a estas alturas era el segundo después de la bomba que cayó sobre el de en medio, nos adelantó y pasó de largo. Con lo cual el dueño del agua vio su autoridad si no cuestionada, al menos desmerecida. Aún seguía teniendo lo que quedaba de la garrafa, que era, dadas las circunstancias, el agua para todos, y nadie se atrevió a discutir su poder por más que los murmullos de los disidentes, siempre los hay y en cualquier grupo, se hicieran cada vez más insidiosos. Con fe o sin ella, bajamos todos del autobús, para qué continuar en él si ya no andaba. Nosotros bajamos en el mismo orden en el que habíamos subido, primero ella, la que nos cuida, luego el niño que nos importa y al final yo, que estoy aquí por si algo falla. Con los pies en tierra se hicieron nuevos grupos y nuevos planes, los unos querían volver, los otros seguir adelante y buscar por sí mismos la ciudad transparente sin saber dónde estaba, los menos nos sentamos a esperar órdenes sin saber tampoco quién habría de darlas. El dueño del agua, que parecía siempre el más autorizado aunque sólo fuera porque para él el poder no era cosa nueva, se puso tras el conductor, pensando, y creo que estaba bien pensado, que si él nos conducía en autobús también sabría llevarnos a pie. Lo primero, claro está, era conocer la distancia que nos separaba de nuestra nueva casa, pues agua había para una jornada bebiendo menos que los camellos y después, a no ser que alguien tuviera noticias exactas de pozos o lagos o ríos por la zona, nos íbamos a ir muriendo sin remedio. Ahí surgió ya el primer conflicto importante porque, según dijo el conductor, la ciudad estaba al menos a dos jornadas a pie, y eso con el paso de los más fuertes, y agua había sólo para una jornada caminando todos juntos o para las dos que hacían falta para que pudieran llegar los más rápidos de todos nosotros.

Dividirnos en dos no era tarea fácil, al fin y al cabo nuestros derechos eran en principio idénticos, así que no quedó más remedio que recurrir a la fuerza. Cuando fallan el resto de las razones sólo la fuerza se sujeta, así que hicimos grupos de fuertes y no me costó nada encabezar el mío, pues de tanto trabajar la tierra, mucho antes siquiera de aprender a leer, tengo los brazos como mazas. Mientras discutíamos todas estas cuestiones, ella no dijo nada ni se separó de mí y guardó al niño bajo su falda, sabiendo que sólo la muerte los sacaría de mi lado. Como siempre que se trata de hacer dos grupos, allí junto al autobús parado se hicieron enseguida cuatro. Entre los hombres los había más fuertes que yo, pero menos dispuestos, y también más nobles, y éstos protegían a más gente de lo que sensatamente eran capaces. Yo cuidaba sólo de dos y con mi vida si hiciera falta, y a poco que me empujaron dejé claro que no iba a ser ésta mi primera pelea y que estando sobrio y obligado no era fácil tumbarme. Se hicieron los cuatro grupos de forma casi natural, y al vernos por fin divididos y en silencio creo que a todos nos entró el miedo de hacernos daño, que una cosa es poner cara de pelea y otra muy distinta pelear, así que el dueño del agua fue el encargado de elegir. El que portaba la garrafa dentro del autobús se puso enseguida de su lado porque le había cogido cariño al poder y al agua, el conductor no tenía dudas y sabía que es mejor aceptar señor que andar suelto. Dos del pueblo que habían sido empleados de la presa y que movían troncos como si fueran plumas, de tantos que habían levantado para asegurar las balsas de agua, cerraron filas, y por poco no hubiéramos entrado en el grupo ganador de no haber sido porque al dueño del agua le impresionaron mis pequeños forcejeos con los más débiles y malintencionados y sobre todo porque su señora recordaba con cariño los tés que se tomaba con la mía.

Fue ella la que nos señaló como los últimos elegidos con su propio dedo mientras le cuchicheaba al oído a su marido nuestros nombres.

Esos dos, dijo el dueño del agua, y después nos vamos.

Somos tres, dijo mi mujer.

Los que sean, y en marcha, concluyó la dueña del agua, que al fin y al cabo el agua de la presa principal del valle y la poca que quedaba en la garrafa era su agua, el agua que heredó de su padre. El agua que no llevaba más nombre que el suyo.

El dueño del agua no era muy distinto a mí, un bien casado, con la diferencia de que donde yo me callaba por vergüenza él hablaba aún más alto. Y de tanto levantar la voz parecía que era todo suyo cuando sabíamos que no lo era. A mí nunca me cayó ni bien ni mal, y caminé detrás de él porque el conductor sabía adónde íbamos y estaba de su lado, pero tampoco le juré fidelidad alguna, ni le debía nada. Cuando estuvo cerrado nuestro grupo ni siquiera hizo falta contarnos, sólo éramos ocho y el crío Julio. Los dos dueños del agua, el conductor, el que llevaba la garrafa, los dos exempleados de la presa, ella y yo. Mi señora y la dueña del agua caminaban juntas y del brazo, lo que al niño y a mí nos daba cierta posición, por tener relación con ellas, aunque ahora fuésemos más atrás y un poco lejos. Las maletas se quedaron en el autobús. Después de tanto seleccionar qué nos llevábamos y qué dejábamos, iban a ser un estorbo en el camino. De todos modos, antes de partir el agente de zona nos había dicho que en la ciudad transparente nos darían todo lo necesario para vivir. Sólo me guardé las fotos de los chicos, bastante teníamos con no saber de ellos como para acabar olvidando también sus caras. Ella, que es previsora, cogió los pocos alimentos que nos quedaban, que el camino iba a ser largo y seguro nos vendrían bien cuando el hambre apretara. Lo de los dueños del agua iría aparte, supongo, en camiones. La gente importante no carga, y a buen seguro ya estaban sus propiedades en la ciudad aguardándolos. Caminamos casi en fila india y mucho, por el llano. Al rato de ir por las sierras, y a cada paso, se torcía un poco más el terreno y antes de llegar a ver las montañas, los que somos de campo supimos enseguida que el suelo se inclinaba. Los pies se hacían pesados y se doblaba el esfuerzo entre un paso y el siguiente. El conductor andaba el primero, consultando un mapa y buscando atajos porque según dijo, y no le faltaba razón, una cosa es seguir la carretera en coche y otra hacérsela andando, que para andar hay caminos más cortos. Detrás del conductor iba el dueño del agua, mirando para atrás de cuando en cuando a ver si las mujeres le seguían e imagino que también para saber si hablaban mucho. A nadie le gusta que hable mucho su señora, porque entre las risas y las penas de las mujeres al marido le cae siempre algún palo. Yo, que iba detrás, sólo miraba a mi señora para ver si tropezaba y había que socorrerla, nunca he tenido miedo de lo que hable y lo que no, tal vez porque lo peor de mí ya se dijo en nuestra boda y peor que eso no hay. De

hecho, ahora que andamos sueltos y sin tierras ni he-
rencias me estoy dando cuenta de que la quiero aún
más y sin rastro de vergüenza. Será la cuesta arriba
que todo lo iguala, pero pienso que ahora y puede que
por primera vez la quiero de veras, sin miedo a la condición que tuve cuando era su empleado y con más
agallas de las que nunca imaginé que tenía cuando
me convirtió en su marido.

Si la miro tanto es por miedo a que tropiece
y porque al verla así, de lejos, me parece aún más
bonita que cuando la tengo cerca. No soy de muchas poesías, pero cualquier hombre que quiera al
menos un poco sabe a lo que me refiero. Mirar a
una mujer en nada se parece a abrazarla, porque
en el abrazo están dos muy juntos y se tapa todo
y en la distancia, al excluirse uno, parece de pronto la mujer a quien uno quiere como las cosas que
se admiran de lejos. En eso iba yo pensando, en
quererla más y mejor y en que el crío no se me
retrasase cazando saltamontes, cuando el de la garrafa pisó una mina y al segundo sólo éramos sie-
te. Lo poco que quedó del hombre ese de la garrafa no lo cosían de nuevo junto ni los mejores
cirujanos. Los campos de minas no son de esta
guerra sino de la anterior y aún quedan algunas
enterradas, en el monte supe de gente que las pisó
por no andar atenta. Las minas se ven entre la maleza porque tienen marcas alrededor, los topos las
huelen y las rodean y la tierra en la que están hun-
didas se desnivela. El de la garrafa no era hombre

de campo, a mí me sonaba de haberle visto donde abastos y ni de eso estoy seguro, pero de campo no era, y por eso pisó la mina sin darse ni cuenta. Fue muy feo de ver y las señoras cerraron los ojos. La garrafa había caído rodando por una ladera y tuvo que bajar uno de los de la presa a recuperarla y no se desnucó entre las rocas de milagro, pero al final volvió con ella y la cargó hasta que se empezó a adivinar la noche. Los hombres bebimos sólo una vez antes de que cayera el sol, el crío hizo de hombre y bebió lo que yo bebía, y las mujeres dos veces, pero sorbitos, que si son señoras las mujeres apenas abren la boca ni para beber ni para nada y estas dos mujeres en concreto, la mía y la otra, eran señoras de cuna y tumba, como decía mi madre, y a señoras así se las reconoce de lejos y sin nombre, sobre todo porque apenas abren la boca y cuando la abren es con razón y para algo. Por poner un ejemplo, diré que mi mujer recogió en el monte un casco abandonado con sangre dentro y, cuando a todos nos dio asco, dijo que bien limpiado serviría de cazo para una sopa y no nos quedó otra que darle la razón, y luego lo limpió con tierra y hojas en un momento y los que no lo sabían ya se dieron cuenta de que era una mujer como para confiar en ella, cosa que yo ya sabía de siempre.

Cuando aún no era noche cerrada comenzaron las disputas entre los exempleados de la presa. Que por qué no descansar, que si sabíamos adónde íbamos, que por qué mandaba el dueño del agua si agua ya apenas quedaba, y así el uno y el otro rezongando por turnos hasta que uno le dijo a su compañero que si el dueño del agua mandaba no era por el agua sino porque siempre llevaba pistola. Todo esto lo escuché mientras caminaba tras ellos, y me alegré de que alguien entre nosotros fuese armado y deseé que fuera cierto. Tal y como marchaban las cosas, íbamos a dormir al raso, y se duerme mejor al aire si hay armas junto a la hoguera. Sin armas no hay orden ni hay nada, y cuando el dueño del agua mandó parar para el descanso al entrar por fin bajo el amparo de un bosquecillo, todos obedecimos como si esa pistola existiera sin saber siquiera si la llevaba, y cuando propuso hacer fuego para la sopa, nos pusimos a ello a pesar de no saber aún qué sopa iba a ser ésa.

Mientras las mujeres juntaban lo que llevaban de comer, los hombres buscamos ramas y con qué hacer el caldo. El dueño del agua no, y el conductor tampoco, ellos se sentaron a mirar el mapa para ver si íbamos bien, fuimos los otros los que nos pusimos a buscar leña. No me parece mal ni raro que los responsables piensen en las cosas mientras los demás las hacemos, porque así he entendido siempre el gobierno y así lo he ejercido yo cuando de segador pasé a capataz y de capataz, aunque fuese por amor, a dueño.

El más grande de los dos exempleados, un hombre al menos igual a mí en tamaño, dijo como si tuviera gracia que con los huesos del de la garrafa nos hubiésemos hecho la sopa, ni que decir tiene que lo miramos todos con profundo desdén y lo dejamos fuera, sin decirlo, de la pequeña lista de nuestras simpatías. Cuando se va en grupo forzado, que no elegido, es difícil decir quién nos gusta más y quién menos, y se agradece que algún idiota se identifique pronto y por sí mismo como el peor, y así los otros se sienten mejor enseguida y ya saben a quién no van a echar en falta. En este caso no podíamos haber juzgado con más acierto, porque el grande de los de la presa, además de cansarse pronto de buscar ramas y traer sólo las más húmedas, como si no supiera lo que es hacer fuego, bebía a escondidas de una petaca que no compartía ni con su antiguo compañero. Todo eso lo vi yo y lo vio el niño Julio mientras juntábamos madera seca y hojarasca. Y vimos también la pelea que tuvo lugar entre ellos, los de la presa, cuando el pequeño quiso el vino del grande. Y puestos a ver, vimos cómo el pequeño le atizó al grande con una piedra hasta dejarle sin sentido y robarle el vino, y después le vimos salir corriendo como corren los criminales sin saber que lo que se llevan no es suficiente para el mucho camino que les queda. El niño Julio y yo nos acercamos al muerto, que estaba muerto del todo por la pedrada, y dado que no podíamos hacer ya más por él, le buscamos en los bolsillos por si hubiese monedas o algo y encontramos tabaco. Y allí mismo el niño y yo nos fumamos un cigarrillo a medias, apenas a dos pasos del muerto, y guardamos lo que quedaba, diez cigarrillos más que me parecieron un tesoro teniendo en cuenta las circunstancias y el hecho de que mi mujer me hubiese prohibido fumar mucho antes de que comenzara la guerra, cuando dejé de ser su empleado y pasé a ser su amante. A mí no me parece mal que los críos fumen de chicos porque así empecé yo a hacerme hombre, y aunque ahora digan que es muy malo, como no soy médico ni quiero serlo no tengo por qué saber lo que me cuentan los expertos en medicina. No era el primer cigarrillo que se fumaba el crío, por cierto, porque ni tosió ni nada y apuró cada calada como si fuera un marinero de pelo en pecho.

Al acabar el cigarrillo volvimos el crío y yo juntos, no digo que silbando pero casi, al fin y al cabo culpa no teníamos de nada. Les dije yo, aunque era mentira, a los que quedaban en el grupo, el conductor, el dueño del agua y nuestras respectivas, que los dos de la presa se habían fugado y que andaban ya por su cuenta y riesgo. A nadie pareció importarle demasiado, ya que lo poco que había para la sopa iba a cundir así el doble. Cuantos menos se sienten a comer, más se come, como decían en mi pueblo. Cuando en un aparte ella me preguntó, le dije la verdad, porque yo a ella no sé mentirle. Le dije que el uno había matado al otro por vino y había echado a correr, sólo le mentí en lo de los cigarrillos e hice mal porque por el aliento lo supo, pero me perdonó y hasta me pidió uno para después de la cena, y con ese desliz de ella hacia lo mío nos reímos mucho. Luego se puso con la sopa, y hay que decir que hizo magia sacando un caldo de lo que había, que no era nada. Con bayas y un hueso de conejo roído y semienterrado que encontró el crío con las uñas le dio espesor, y con hierbas, aroma, y con lo que quedaba de una lata de arenques le dio sustancia y con casi nada de agua hizo caldo para los seis y hasta para repetir. De cazo utilizó el casco del soldado muerto. Teníamos todos mucha hambre pero ella no se puso nerviosa ni tuvo prisa, y de tantas vueltas que le dio a la sopa con el propio hueso del conejo me pareció a mí que giraba el mundo entero alrededor de su muñeca. Sin los tontos de la presa ni el bobo de la garrafa, solos ya los dos dueños del agua, el conductor y nosotros dos y el niño, pensé que el grupo tenía más futuro y, aunque sin decirlo en alto, me dio la sensación de que en eso al menos todos coincidíamos pues por un buen rato, mientras ella giraba y giraba la falsa cuchara en la sopa, me pareció que nos sentíamos bien y casi en familia, aunque estuviésemos lejos de todo lo nuestro y cerca de nada.

Para dormir nos pusimos muy pegados y arrimados a la hoguera, que ya estaba haciendo brasa y calentaba sin tener que temerle al fuego. El conductor era muy largo y se apartó un poco más para no quemarse los pies, y junto al conductor me puse yo aunque tratando de no tocarle, y ella se tumbó con la cabeza sobre mi pecho y en el triángulo que dejamos libre se puso el niño, y junto a mi mujer la dueña del agua, que hacían buenas migas y no se daban asco, y al lado de la dueña del agua su marido, el que se casó con el agua sin merecerla, el que a lo mejor llevaba pistola. Habíamos andado tanto y en día tan extraño que caímos todos rendidos muy rápidamente. Con el ojo bobo, ese que se cierra y que no, vi al crío moverse y luego lo vi levantarse y me preocupé un poco, pero cuando le escuché hacer pis me volví a quedar tranquilo, y me abracé a ella más fuerte y me dormí.

No soy de contar los sueños porque me parece lo más aburrido del mundo oír los sueños de los demás, así que dejémoslo en que soñé con la sopa, y vuelta y vuelta de la sopa, y sopa y más sopa, y todo lo que habíamos sido antes de quemar la casa parecía caber en esa sopa hecha en el casco de un soldado muerto, y no había más en mis sueños que el espesor de esa maldita sopa y así hasta despertar.

Al amanecer, primero me alegré mucho por dejar atrás mi pesadilla y luego me llevé un susto de muerte porque nada más oír los pájaros abrí los ojos y me vi con una pistola en la cara.

Al parecer sí que llevaba el dueño del agua una pistola escondida, pero el que me apuntaba era Julio, nuestro niño, y lo hacía por jugar, sin intención de matarme. Le quité la pistola y me la escondí en el pantalón. Era un arma pequeña, una Astra de nueve milímetros con cachas de nácar, una pistola extranjera de ricos, de colección, pero de esas que no fallan nunca, serie limitada. No he estado en el ejército porque no me tocó en su día, pero de armas cortas sé un poco y de armas largas también. Viniendo como vengo del campo, les tengo afición a los disparos, que lo mismo ahuyentan a las fieras que las tumban, y al ir solo mucho tiempo, y yo estuve muy solo de niño, mejor se anda armado que desnudo.

Como estaban todos dormidos y el dueño del agua aún roncaba con la boca abierta, supuse que Julio se la había quitado sin que nadie se diera cuenta. Ni que decir tiene que reprendí al niño con gesto severo pero sin alzar la voz por no despertar a los demás, y luego enseguida me puse a pensar qué hacer con la dichosa pistola. Si se la devolvía a su dueño, que era el dueño del agua, me hacía con su favor, pero su favor ya lo tenía por nuestras esposas, y si no se la devolvía le quitaba poder y autoridad, porque sin pistola no sería capaz de defender el agua que nos quedaba ni podría andar dando órdenes con tanto aplomo. De lo que él desconfiara también podría aprovecharme para cuidar mejor a los míos; si dudaba del conductor se quedaba sin saber la ruta hacia la ciudad transparente, si dudaba de mí se quedaba solo con el conductor sin saber quién llevaba la pistola, si dudaba de todos y se iba solo con su señora, me quedaba yo con el conductor y su mapa y la pistola y sin nadie que me ordenase nada, o sea que me convertía yo en el alma de la cuadrilla, sin un jefe que me mandase parar o seguir andando. Según iba pensando mis planes, el crío se reía entre dientes como si me adivinase el pensamiento, y hasta parecía que se frotaba las manos con el resultado de su fechoría. En ese momento mismo decidí darle una lección. A veces con los hijos no se presentan muchas oportunidades de enseñarles lo recto, y las pocas que hay se tienen que aprovechar. Una vez tomada mi decisión, me acerqué con cuidado al dueño del agua para no disturbar el sueño de las señoras y lo desperté muy suavemente, tocándole apenas en el hombro. Después y en silencio le di su pistola, y el hombre la guardó y me dio las gracias y hasta se puso en pie y me abrazó. El crío Julio lo vio todo sin entender nada, y cuando volví a su lado le di la explicación que creí en ese momento más precisa. Lo que no está bien, le dije mirándole a los ojos, está mal y no trae nada bueno. La mejor ventaja en esta vida, añadí, es tener la conciencia bien tranquila.

Con el poco ruido que hicimos, cuchicheando, o tal vez porque ellas mismas llegaron al final de sus sueños, se despertaron las mujeres. El conductor siguió roncando hasta que el dueño del agua con la punta del pie lo puso en marcha. Viendo cómo le daba con la bota al conductor me arrepentí un poco de haberle devuelto la pistola, pero no del todo porque lo que yo pretendía era enseñarle algo al crío, no cambiar nada en el orden del resto de las cosas.

Las mujeres se asearon como los osos, con saliva, lo que quedaba de la garrafa de agua no daba para baños, de hecho sorbito a sorbito se acabó la reserva. Sin agua no había más autoridad que la del mapa y la pistola que sólo el crío y yo sabíamos que existía, aparte claro está de su propietario.

Apenas nos estiramos todos, nos pusimos de nuevo en marcha. Como éramos ya tan pocos no había que dar órdenes. El conductor abrió el mapa y dijo, por aquí, y por allí nos fuimos.

Saliendo del bosquecillo empezaron a inclinarse las sierras hacia abajo, y lo que ayer era subir con esfuerzo hoy era bajar alegremente. Ella no iba ya del lado de la dueña del agua sino del mío y cogida de mi brazo, con el crío Julio revoloteando a nuestro alrededor. Hacía un día precioso, y por un rato nos olvidamos de la guerra y de todo y caminamos. Anduvimos mucho y sin agua, pero nadie se quejó, y así dejamos la sierra atrás y entramos en un prado, tan grande que no se le veía el final y tan alto que la hierba nos llegaba a la cintura. A ella se le ocurrió morder los tallos, que llevan agua y savia. Yo me sentí tonto por ser de campo y no haberlo pensado antes. Masticamos los brotes verdes como si fuéramos vacas y notamos, al menos yo lo noté, cómo las piernas cogían fuerza y la cabeza se despejaba. Estábamos rumiando nuestro extraño desayuno cuando apareció el control.

Primero oímos las aspas del helicóptero, y al mirar al cielo entre las nubes, ya estaba encima agitando la hierba y volándonos los cabellos y la ropa, que por poco no se quedaron las mujeres en vergüenza de lo mucho que se les levantaban las faldas. Pensábamos que el helicóptero iba a bajar hasta el suelo pero no lo hizo, y mientras lo mirábamos apareció sin que lo viéramos y aplastando toda la hierba un carro de combate.

Buenos días, señores, dijo un teniente que llevaba el uniforme de los nuestros, el mismo que llevan mis hijos.

Buenos días, dijimos todos a coro.

¿Adónde van?, dijo el teniente sujetando la ametralladora contra la cara, a lo que respondimos que a donde nos habían dicho, a la ciudad transparente. Lo dijo en realidad el dueño del agua, y los demás asentimos. Entonces el teniente nos pidió los papeles y cada uno le dimos los nuestros, yo le di los de los tres, los de ella, los míos y los del crío, aunque éstos eran falsos, todo sellado según lo dejó el agente de zona, todo en regla. Así lo admitió el teniente, que al ver que todo era legal se relajó un poco y bajó el arma. El conductor se adelantó y con respeto le enseñó al teniente el mapa por si podía guiarnos. Van mal, nos dijo, al menos treinta kilómetros muy al este de la ruta, y sacando un bolígrafo pintó en el mapa el camino adecuado y luego con el dedo nos señaló la dirección correcta. Los llevaríamos nosotros, dijo, pero hay enemigos en esta zona y nuestra misión es otra.

Lo entendimos perfectamente y le dimos las gracias. Al pasar junto al carro ella le preguntó por nuestros hijos pero el teniente, muy educado, le explicó que el ejército era muy grande y que no podría uno conocer a todos los soldados. Lo más curioso fue cuando el dueño del agua se atrevió a pedirle agua al teniente y éste le dijo que el agua andaba muy cara por la falta de lluvia y el sabotaje en los pozos y el precio que los especuladores les sacaban a las presas. Aun así, y como era buena gente, nos dejó una cantimplora y nos dijo que si no nos confundíamos de sendero, con eso deberíamos llegar a la ciudad, sedientos pero vivos.

La dueña del agua preguntó cuánto quedaba exactamente hasta allí y el teniente respondió que a buen ritmo lo que restaba de día, una buena noche de descanso, que andar a oscuras no tenía sentido, y una mañana más. No nos pareció agua suficiente para tanto tiempo, pero a qué pedir más si no pensaban dárnosla; lo que sí nos dijo fue que había un hotel abandonado de camino en el que hacer noche bajo techo y que a lo mejor allí quedaba algo de comer y de beber, pues no estaba vacío desde hacía tanto. Era un hotel enemigo, pues toda esta parte de tierra lo era, así que no hacía falta andar con remilgos con lo que hubiera. Sus propios soldados lo habían saqueado ya un par de veces, de manera que tampoco esperásemos encontrar mucho. Esto nos lo dijo el teniente antes de dar media vuelta con el carro y seguir con el control de zona, que era como llamaban ellos a ir de patrulla. El helicóptero permaneció lo que duró la charla a una prudente distancia, y es de imaginar que nos tuvo todo el rato encañonados. Cuando el carro se alejó, el helicóptero se elevó y se fue y la hierba se quedó quieta y se paró el ruido, cosa que agradecimos porque con el teniente ese habíamos tenido que entendernos a gritos.

Salir del prado nos llevó un par de horas, y debíamos de tener pulgas o algo porque no paramos de rascarnos hasta dos horas más tarde. El crío Julio hasta se echó al suelo a restregarse como las cabras, no sé si de lo mucho que le picaba o por hacer la gracia. Si fue por lo segundo, le salió la mar de bien, nos reímos tanto todos que nos entró más sed. Fue mi mujer la que le dijo que parase de hacer el payaso. Ella lo trata más como un hijo, o un sobrino, y a mí a veces se me olvida y me creo que es de juguete y que está aquí para hacer gracia. Ella me lo ha recordado y me ha regañado con razón, y no he tenido más remedio que aceptarlo. Cuando me regaña, lo hace siempre tan dulcemente que da gusto, no como si yo fuera tonto sino como si se preocupara por mí y por lo que yo siento. Sobre todo cuando no tiene más remedio, como ahora, que reprenderme delante de extraños. Yo nunca le guardo rencor, y si me enfado, que a veces me enfado como todo el mundo, enseguida se me pasa con sólo acordarme de todo lo que me ha dado en la vida y lo poco que me ha pedido a cambio.

El hotel del que hablaba el teniente lo hemos visto cuando salíamos del prado, y aunque no está muy lejos nos va a costar llegar porque está muy arriba, en la cima de un monte escarpado con una sola carretera. Pisar la grava me ha hecho sentir bien; pese a ser más de campo, me gusta saber por dónde ando y las carreteras llevan siempre más derecho que los caminos, sobre todo si no son los caminos que uno conoce. En la subida he tenido que coger al crío en brazos de tan cansado como estaba, me lo hubiese puesto en la espalda a caballito que es más cómodo si no fuera por los dolores de vértebras. Tengo dos vértebras aplastadas de una vez que me caí desde lo alto de la segadora como un tonto por no andar con cuidado. No me da mucha lata, y sólo cuando llueve o cuando cargo peso sobre la espalda me acuerdo. En casa ella me daba linimentos que me sentaban muy bien. Tiene las manos fuertes pero suaves y da los masajes como imagino que lo hacen los profesionales, y digo imagino porque en toda mi vida no me ha tocado la espalda nadie más que ella. No es que no tuviera mujeres antes de conocerla, que sí que las tuve, es que con ésas no hubo cariño. Antes de que ella me hablara yo era poco más que un bruto en lo social, aunque muy aplicado y eficiente en lo mío, eso sí. En la escuela aprendí a leer y matemáticas suficientes, y a los trece mi padre me puso de aprendiz en una granja y a los dieciocho ya era el capataz y de allí me sacó el primer marido de mi señora para llevar las tierras que después fueron mías. De ese señor, el que fue su marido y mi jefe, sólo puedo decir cosas buenas pues nunca se comportó mal conmigo y me pagó siempre religiosamente y hasta con extras de lo contento que estaba conmigo. Era muchísimo mayor que ella, pero la trataba bien y con mucho cuidado, aunque no era marido en el sentido de ser un hombre para lo que una mujer joven necesita ni podía darle hijos, ni lo

76

intentaba. Las malas lenguas decían que cuando bebía le daba por mirar a los chicos de la hacienda, a los mozos de labranza y a los de las caballerizas, pero de eso ni ella ni yo tuvimos nunca prueba ninguna. Algunos dicen que ella se casó bien, como luego yo mismo, pero de manera muy distinta, porque ella era de nombre grande y de pocas tierras, y él justo lo contrario. Y yo, ni una cosa ni la otra. El caso es que murió de viejo y sin dolerle mucho nada, y a los dos años de enterrado, más que pasado el luto, subí yo por primera vez a la alcoba de mi señora y tan sólo dos meses después nos casamos por la Iglesia, y en un tiempo no muy largo nació nuestro primer hijo, Augusto. Si vas a echar las cuentas queda claro que concebimos antes del matrimonio, pero no creo que seamos la primera pareja ni la última que adelanta con el deseo a las campanas de boda. Tampoco era nuestra comarca tan fina de costumbres como la capital, y por ahí había de todo y cada cual hacía lo suyo, y mientras no fuesen escándalos muy sonados casi nada hacía ruido. Si acaso rumores, pero los rumores no se oyen si se trabaja duro y se hace ruido con el martillo y el yunque de la propia vida. Y si se oyen se ignoran, y si por lo que fuera se harta uno de ignorarlos, se saca la escopeta y a callar. A más de un listo lo he callado yo sin dar ni un solo disparo, sólo con pasear la Remington por el monte y por las fiestas para que todos la vieran. La Remington carga seis balas, y una vez me planté en la taberna para avisar de que a los doce primeros que dudasen de si tenía o no derecho a ser el señor de mis tierras les iba a contestar a cada uno con una bala y que después, si seguían los cuchicheos, me iría a casa a por más balas para seguir contestando. Por supuesto que nadie dijo nada, y me bebí mi vino más ancho que el capitán de un barco y después jamás volví por la taberna y muy poco por el pueblo.

Ahora ya todo eso da lo mismo, la casa está quemada y las tierras habrá que ver si volvemos a pisarlas, y en la ciudad nueva me imagino que al estar junta la gente de todas partes nadie sabrá nada de nadie, ni habrá pasados que reprochar o esconder. Ella, yo y el crío Julio seremos allí como cualquiera, lo cual estará bien y estará mal. A mí no creo que me cueste, pues yo de cuna no traía nada, pero no sé cómo será para ella, que nació ya siendo dueña de una hacienda perdida y después la casaron con otra real. Claro que ella es fuerte y tiene imaginación, cosa que a mí me falta, y con imaginación todo se lleva mejor y no se condena uno tanto a las cosas que tiene delante. Puede que sea yo quien lleve mal, o al menos peor que ella, lo de ser de pronto un don nadie, acostumbrado como estaba ya a lo bueno.

Cuando alcanzamos el hotel abandonado, el crío iba profundamente dormido en mis brazos y ella, por más que tratase de ocultarlo, estaba agotada, y yo, no voy a negarlo, molido. El hotel era más bien un balneario plagado de pozas de agua sulfurosa que al estar desasistidas y estancadas olían como uno se imagina que huele el infierno. Si había que dormir allí, habría que hacerlo en el porche y evitando la dirección del viento; poner un pie en la casa resultaba nauseabundo, así que entramos sólo el conductor y yo para ver si había agua para beber y algo que echarse al estómago. Como bien dijo el teniente, por allí habían pasado los soldados, y podría haber cruzado el hotel una piara de gorrinos que no lo hubiesen dejado en un estado más lamentable. Es sorprendente cómo trata la gente las cosas que no son suyas, las ganas de destrozarlo todo que sin duda tienen muchos y que sólo salen cuando les dejan, cuando por no haber vigilancia alguna ni autoridad ni mando, saca cada cual lo más bruto que lleva dentro y arremete contra todo con una saña que asusta. Me quise imaginar al ver el interior del hotel, las mesas tiradas, las vajillas rotas a mala fe, los excrementos, los cristales agujereados a pedradas, me quise imaginar, digo, que mis dos chicos jamás harían algo así por muy soldados que sean y mucha guerra que haya. Uno siempre ha oído hablar de las barbaridades que hacen los soldados en la retaguardia cuando la locura que es la guerra les da patente de corso para volverse salvajes ellos también, pero quiero pensar que a nuestros hijos los hemos criado para tener más sentido y para vigilar por sí mismos su conducta aun cuando nadie los vigile a ellos. El caso es que dimos vueltas el conductor y yo por todo el hotel, que no era pequeño, con la cara tapada con un pañuelo a causa del hedor. Parecíamos dos bandidos de una película del Oeste, pero robar, lo que se dice robar (aunque no se llama robar a coger lo abandonado), no robamos nada porque no encontramos qué. Sólo unas cortinas para taparnos del frío y nada más, ya que los colchones, y había docenas por allí, estaban todos orinados, ensangrentados o peor. No quise ni imaginar lo que habría pasado allí dentro, aunque esperaba que realmente estuviera vacío el hotel cuando llegaron los soldados y que no hubiese nadie para recibirlos, sobre todo mujeres, pues ya se sabe lo que hacen a veces algunos soldados con las chicas a las que encuentran solas e indefensas.

Muertos desde luego no se veía ninguno, pero rastros de sangre había por todas partes y también disparos en las paredes, como si se hubiese fusilado a más de uno. El conductor y yo acordamos con muy buen criterio no dejar que las mujeres y el niño entraran, pues sin verse nada, lo que se podía imaginar daba de sobra para mil noches de pesadillas, y en cualquier caso el hedor era suficiente para hacer vomitar lo poco que nuestras señoras habían comido en la jornada de hoy y la de ayer.

Salimos de vuelta al porche con las malas noticias y las manos vacías a excepción de las cortinas, que al menos servirían de buenas mantas y que fueron muy bien recibidas. Estaba ya oscuro y las mujeres tiritaban, el niño en cambio dormía en el suelo de madera del porche tan ricamente y me dio gusto comprobar que no era melindroso y que se trataba de un crío fuerte. Lo de comer ni se comentaba por miedo a tener más hambre, aunque el dueño del agua guardaba una sorpresa que enseguida y generosamente compartió con todos. Había escondido el hombre en su bota un tubo de leche condensada que, sin ser gran cosa, nos dio para recuperar el aliento y regar el cerebro con azúcar, lo cual nos iba haciendo falta, sin nada de dulce se le nublan a uno las ideas. Lo malo, claro está, fue la sed que tuvimos después de darle cada uno un chupito al tubo, las señoras primero y luego el crío, que sorbió su ración casi sin despertarse, como hacen los críos cuando tienen hambre y sueño a la vez.

La pasta de la leche condensada se pegaba a la garganta como si fuera engrudo y lo poco que nos tocaba a cada cual de la cantimplora no fue suficiente para aclararla y pareció, o a mí me lo pareció, que ni siquiera llegaba al estómago. Con ese pesar nos fuimos a dormir, tratando de no darle más vueltas a lo que tan mal remedio tenía y soñando, al menos yo aunque creo que todos, con llegar por la mañana a la ciudad transparente y allí beber por fin agua en abundancia. Ella y yo nos acurrucamos junto al niño, y ella me susurró palabras de amor antes de quedarse dormida y hasta me dijo que estaba muy orgullosa de mí, lo cual no entendí del todo, ni supe descifrar bien el porqué, pero me hizo sentir caliente por dentro y me ayudó a no cerrar los ojos con pena y a olvidarme por un segundo del resto de mis necesidades. Sorprende darse cuenta de cómo el amor alimenta y calma aun en las peores condiciones, o precisamente y con más razón en las peores condiciones. Como no sé hablar como ella, y las palabras de amor no me nacen, no respondí a sus cuchicheos. Para no ser menos cariñoso y tratar de cubrir también sus muchas carencias, la abracé con todas mis fuerzas y la besé en los labios y le acaricié el cabello hasta que la oí respirar fuerte, y sólo después de saberla ya dormida me permití yo también conciliar el sueño.

Sería ya al final de la noche, a no más de una hora del amanecer, cuando me despertó el crujir de la madera del porche. Apenas abrí los ojos vi a los dueños del agua y al conductor en pie, dispuestos a marcharse como ladrones, muy sigilosamente y tratando con mala fe de que no despertáramos. Se llevaban, claro está, la cantimplora y el mapa, pensando, imagino, que con el agua que quedaba llegarían más frescos y mejor tres que seis. Sabiendo que el dueño del agua iba armado, que para eso le devolví yo mismo la pistola, no se me ocurrió rechistar y, aunque no me hizo maldita la gracia la jugarreta, supuse que si la ciudad quedaba ya tan cerca como dijo el teniente, a menos de media jornada, seríamos bien capaces, ella, el crío y yo, de llegar por nuestro propio pie. Si la ciudad era tan grande como para acoger a todas las comarcas evacuadas, se vería desde muy lejos, y puesto que el teniente había apuntado claramente hacia el este, muy torpes teníamos que ser para no alcanzarla. Una vez allí, ya me ocuparía yo de encontrar al dichoso dueño del agua y de ajustarle las cuentas, eso me lo juré a mí mismo mientras miraba, con el rabillo del ojo y haciéndome el dormido, cómo los tres traidores emprendían camino, dejándonos ahí tirados sin el menor remordimiento. Ni que decir tiene que me arrepentí de no haberme quedado con la pistola y hasta de no haberlos matado a los dos, al conductor y al dueño, a la señora no, claro, pues estaba casi seguro de que ella no tenía culpa de nada, y aun si la tenía, no soy yo tan puerco como para matar mujeres. En realidad, tampoco hubiese sido capaz de matarlos antes de que hicieran nada sólo para tener yo la cantimplora y el mapa, y con toda seguridad tampoco después, no tengo corazón de asesino, así que me arrepentí de mentira de no haberlos matado, no de veras. A veces sucede que con la rabia del momento uno piensa cosas horribles sólo por sacárselas del alma y para darse cuenta, creo, de que uno no es capaz de hacer ciertas cosas. Tampoco cuando me presenté amenazando a los chismosos en la taberna tenía intención de dispararle a nadie, y a decir verdad nunca en toda mi vida he hecho daño con mis propias manos a un ser humano. De hecho, y si he de contar todo como sucedió en realidad, en la taberna me presenté con la escopeta pero ni dije nada ni amenacé a nadie, y ahora no sé por qué antes he exagerado tanto. Supongo que a todos nos gusta contar las cosas exagerando nuestro coraje, aunque resulte un poco infantil y tonto. No me tengo por un bravucón pero a veces, sin saber por qué, a falta de gloria va uno y se la inventa. En fin, que en la taberna no dije mucho y me limité a plantarme allí con la escopeta, lo cual no era tan raro porque venía de caza y llevaba perdices en el cinto y un conejo en el zurrón, y a tomarme mi vino, pagar e irme entre los cuchicheos malintencionados de la gente, y si no volví por la taberna fue por vergüenza, y no sé a cuento de qué venía dármelas antes de matasiete cuando ni lo he sido nunca ni lo he querido ser. Por la misma a estos tres los dejé irse más por miedo a la pistola del dueño del agua que por otra cosa, y de nada vale tratar de rebuscar explicaciones, ya que ni soy mentiroso por naturaleza ni se me da bien engañarme a mí mismo. Y si tengo que pedir perdón por haber mentido antes, lo pido ahora y santas pascuas.

De tanto dar vueltas a la cabeza, ya no pude dormir más. Me zafé de ella y del niño con cuidado y salí de debajo de la pesada cortina y me senté a mirar cómo amanecía. Al menos Dios en eso fue generoso, porque según se fue aclarando la noche pude ver, desde la balconada del porche y no muy lejos de la falda de la montaña, una cúpula de cristal tan brillante por el reflejo del primer sol que habría que haber estado ciego para no verla. Calculé que, a buen ritmo, en tres horas estaríamos allí, y aguardé ya más tranquilo a que mi familia se despertara, ansioso solamente por darles las buenas noticias a modo de nutritivo desayuno. No sabía muy bien qué encontraríamos en aquella ciudad nueva, pero los que dijeron que era transparente no mintieron y lo cierto es que después de dos días de penurias daba gusto verla.

Cuando despertaron, el niño y ella miraron hacia la cúpula con el mismo asombro y las mismas ganas de llegar, y enseguida nos pusimos en marcha.

II

De lo grande que parecía de lejos la ciudad transparente a lo grande que era de verdad mediaba una distancia considerable. Y si de lejos y mientras caminábamos parecía una cúpula redonda, de cerca se veía claramente que estaba hecha de rombos de cristal que se clavaban por un vértice en el suelo y se amontonaban unos sobre otros hasta formar una gigantesca semiesfera transparente que protegía la ciudad entera. Cómo se hizo algo así escapa a mi conocimiento, pues me parecía a mí, e incluso a ella, que es más leída, la obra más fabulosa que hubiésemos visto o imaginado nunca, y ni siquiera entre los grandes edificios y rascacielos de la capital habíamos conocido nada igual. A quien nunca la hubiera visto no sería fácil describirle ni su tamaño ni su hermosura, ni lo complejo que era todo bajo la cúpula, pues cabía allí un sinfín de carreteras y bloques de edificios y trenes y vías y almacenes, y todo de cristal o de algún otro material transparente. De cristal no creo que fuese, pues se hubiese roto todo bajo su propio peso, y sin embargo, sin saber de arquitectura ni de la ciencia que sujetaba aquella ciudad enorme y reluciente, no encuentro mejor manera de describirlo.

Todo se transparentaba a través de cada cosa, y detrás de un bloque de viviendas se veía el siguiente y el otro, y todo se confundía a la vista pero estaba al tiempo limpio y ordenado, y no había en la ciudad, o no se distinguía al menos, ni sombra ni escondrijo ni lugar al que no llegase la luz. Y si la cúpula que todo lo protegía estaba formada por rombos, también dentro eran todo construcciones de rombos transparentes, como una colmena dentro de una colmena dentro de una colmena, y entre tanta claridad las personas parecían abejas hacendosas moviéndose de aquí para allá según sus asuntos. A la ciudad se llegaba por una carretera ancha y principal de seis carriles pero con tan poco tráfico que no había ninguno, y se podía pensar que del interior de la ciudad no salía nadie ni entraban muchas cosas. Me pregunté cómo mantendrían a tanta gente sin camiones de alimentos, sin el ir y venir de mercancías que es corriente en todas las ciudades y en los puertos de mar y hasta en los pueblos pequeños, y si podría ser que todo lo que hiciera falta para vivir allí estuviera ya dentro. Tampoco se veían ni aeropuerto ni trenes que llegasen o partieran, sólo lo que ya circulaba en el interior de la cúpula, que era como un hormiguero, que cuando uno lo encuentra bajo una piedra está construido desde dentro y sin ayuda de lo de fuera. Por la carretera sólo íbamos nosotros a pie, y en la hora larga que tardamos en llegar no nos cruzamos con un alma ni vimos vehículo alguno entrando o saliendo de la ciudad transparente. El niño, como era su costumbre, no dijo nada pero pude ver cómo según nos acercábamos se le iban iluminando los ojos de entusiasmo. Y eso que a su corta edad no podía saber aún lo formidable que era aquello. Pensaría el pobre, por lo poco que supongo que sabía en su tierna infancia, que ciudades así había más en el mundo, pero nosotros sabíamos que no, que ni en los libros se veían fotos de nada similar en ningún país extranjero, ni en la luna, ni en otros planetas, ni habíamos oído hablar de viajero alguno que diese en sus relatos noticias de una ciudad tan clara, tan grande y tan prodigiosa como ésta.

La ciudad entera estaba abierta al ser su base los vértices de miles de rombos transparentes, y no parecía ni vallada ni vigilada con guardias ni armas. En la entrada principal, o la que asumimos que era la entrada principal, pues hasta ahí llegaba la única carretera, había, eso sí, un control de fronteras con dos agentes de uniforme que nos pidieron los papeles. Con gusto se los dimos y ellos, después de mirarlos atentamente y comprobar los sellos oficiales, nos recibieron con un saludo esperanzador pero formal: bienvenidos a la ciudad transparente.

De no ser por el crío, ni me hubiera fijado en el único espanto que vimos al entrar en la ciudad. Fue

Julio el que nos señaló los cuerpos del dueño del agua y de su señora colgados de un poste, más bien un tubo, de cristal, boca abajo, como dos frutos siniestros justo detrás del control de fronteras.

No había ni que preguntar para darse cuenta de que estaban los dos muertos, y en el pecho de cada uno habían cosido un zafio cartel de papel en el que estaba escrita a mano la palabra TRAIDOR.

Ella se tapó los ojos con horror, y cubrió también al crío. Y yo me quedé mirando embobado sin saber qué decir. No es que tuviese mucho cariño por el hombre y creo que con razón, pero al verlos así me di cuenta de cómo se las gastaban en el nuevo mundo y les dije a ella y al crío que hasta saber cómo funcionaba la justicia en la ciudad transparente, mejor sería andarnos con mucho cuidado.

Una vez dentro, sin embargo, todo fueron atenciones, servidas con fría simpatía, eso sí, pero satisfaciendo al fin y al cabo cada una de nuestras necesidades más urgentes. Lo primero que hicieron, después de comprobar y sellar nuestros papeles de nuevo, fue llevarnos a pie a una especie de campamento de refugiados donde había mucha gente como nosotros, recién llegados, maltrechos y hambrientos. Si eran tiendas de campaña no lo parecían, pues en lugar de ser de lona, como las tiendas de campaña que yo había visto, estaban hechas de inmaculada tela transparente, más firme y a la vez más transparente que la gasa, y se veía todo lo que había dentro, hasta las duchas, lo cual nos dio vergüenza por el niño y también por nosotros mismos, al ver de golpe tantos hombres y mujeres desnudos. Al parecer el pudor aquí no era importante, y sería cuestión de irse acostumbrando. Donde no hay pudor no hay rubor, que decía mi santa madre.

Antes de pasar nosotros también a las duchas nos dieron a beber agua en abundancia y fruta y pan y embutidos de carne en platos pequeños para que nos alimentásemos bien sin hartarnos, y chocolate para recuperar energía y hasta café caliente, que bien lo habíamos echado de menos durante el viaje. Nos hablaban tan poco que me pregunté si serían extranjeros, pero otro de los que comían a nuestro lado me dijo que no, que eran los últimos de los nuestros. Esto de los últimos de los nuestros no lo entendí hasta más tarde, cuando me lo enseñaron en las clases de pre-educación. También nos llamaban los últimos sospechosos, pues al parecer, según nos dijeron, fuera de la ciudad ya eran todos aliados y no había más que paz en el mundo, y dentro cualquiera que no hiciese las cosas como nos decían podía ser considerado un enemigo y adornar el poste de la entrada. Del olor o la podredumbre no había en cambio que preocuparse, porque tenían un método de limpieza que hacía que no oliera nada en toda la ciudad, ni los vivos ni los muertos. Se llamaba cristalización y te lo aplicaban en la primera ducha, y lo cierto es que no volvías a olerte nada en todo el cuerpo, ni en el cuerpo de los otros. Ni siquiera pegándonos la nariz a la piel podíamos, ella y yo, reconocer nuestros olores, lo cual era desde luego muy limpio pero muy raro, porque la mujer de uno huele como ninguna otra cosa y cada persona está acostumbrada a olerse a sí misma y a la persona a la que quiere, tanto que hasta que no te quedas sin olor no sabes lo extraño que te sientes cuando te lo arrebatan.

En la ciudad todo estaba cristalizado y nada olía, tampoco se sudaba ni se lloraba, ni había más líquido en el cuerpo que la orina, que tampoco olía a nada, lo cual era de agradecer teniendo en cuenta que mi trabajo fue en la planta de reciclado y destilación de residuos corporales, es decir que me encargaba precisamente del orín y las heces, que por cierto tampoco olían a nada, y al científico que pensó en aquello habría que darle todos los premios del mundo, pues las heces, sin olor, al poco de trabajar entre ellas no eran distintas al barro ni causaban más aprensión.

Pero vayamos por partes, que de tan sorprendente que resultó ser todo en la dichosa ciudad de cristal me amontono y pierdo el hilo. Cuando terminamos con la ducha y la cristalización nos dieron ropa limpia. No un uniforme sino una camisa cualquiera y un pantalón de tela ligera, y hasta nos dejaron elegir los colores. Con las tallas no había problema, y allí había ropa suficiente para vestir a un ejército, eso sí, de paisano. Todo muy ligero, de lino o algodón, nada de lana ni cuero, pues la temperatura era suave y constante y estaba controlada permanentemente y no hacía ni frío ni calor y hasta corría siempre una leve brisa inodora la mar de agradable.

Todo era perfecto y estaba controlado en la ciudad, o al menos lo parecía. Aunque habría que irlo viendo, las cosas nunca son perfectas en ningún sitio al que uno vaya y hasta hay que dar gracias a Dios por que así sea. O a lo mejor es cosa mía, que siempre fui muy desconfiado, o tal vez miedoso. Cosa que ella no se hartaba de reprocharme.

Nuestro primer hogar, por llamarlo de alguna forma, fue el campo de acogida; en él pasamos las dos primeras noches razonablemente bien, camas individuales bastante cómodas dispuestas en hileras de diez en un amplio dormitorio común. A lo único que hubo que adaptarse fue a no dormir abrazados, ella y yo siempre lo hacíamos, y a los engorrosos antifaces, ya que si el clima era constante también la luz lo era, y en la ciudad transparente no oscurecía nunca. No soy médico, pero sé lo suficiente como para imaginar que eso no puede ser bueno para la cabeza y que, acostumbrados como estamos todos a los días y sus noches, aquello tendría seguramente consecuencias nefastas, y me pregunté por qué lo harían y si es que querían volvernos locos, lo cual no tenía mucho sentido porque aparte de eso nos cuidaban muy bien, como si de veras les preocupase nuestro bienestar.

El crío fue el que menos pegas puso al asunto de los antifaces y siguió durmiendo bien como era su costumbre, a ella y a mí nos costó un poco más conciliar el sueño esas primeras noches sin noche y sin abrazos, pero ella me tranquilizó diciéndome que sin duda terminaríamos por adaptarnos porque a todo se adapta uno en la vida cuando no hay más remedio. Amigos no hicimos en el campo de acogida, pero hablamos con algunos paisanos que habían llegado antes en el tercer autobús de nuestro pequeño convoy. Estaban tan desconcertados como nosotros, viéndolas venir como quien dice, sin protestar demasiado ni mostrar mucho entusiasmo. Como todo era nuevo y distinto, resultaba difícil saber qué pensar. Uno imagina que en un lugar tan organizado se han pensado las cosas para mejor, así que tampoco venía al caso estar quejándose de lo que aún no conocíamos, y creo que unos y otros en el campo de acogida, y desde luego ella y yo, preferíamos sencillamente esperar y no adelantar juicios.

Por lo demás, siempre que no saliéramos del campo hasta culminar el proceso de cristalización, que era una especie de cuarentena, teníamos libertad suficiente para charlar, movernos, jugar con el crío y seguir con nuestras cosas, pues allí metidos poco teníamos que hacer. Hasta nos dieron lecturas para que no nos aburriéramos. No periódicos, ni revistas, sino libros de todo tipo, no sólo novelas, también manuales técnicos, libros de ciencias, medicina, ingeniería y hasta de jardinería. En fin, que había para todos los gustos, según le interesase a uno esto o lo otro. Ella cogió una novela de piratas, *La isla del tesoro,* que también tenía en casa y le gustaba mucho, y una biblia. Yo soy menos de leer, pero por pasar el rato me quedé con un gran atlas de la fauna mundial que tenía unos dibujos preciosos de todos los animales del planeta y me servía además para distraer al niño. Lo bien que lo pasó Julio con aquel atlas, no se aburría nunca de mirarlo, y cuando le dieron papel y lapiceros se puso a dibujar los animales uno por uno desde la primera página. No se le daba nada mal, y los cuidadores le celebraron mucho sus dibujos y el crío ganó en dos días más relevancia y afecto entre quienes nos atendían que ella o yo o cualquier otro ocupante del dormitorio. A decir verdad, era el único crío en nuestro grupo y nos alegraba mucho. Cuando nos sacaron del campo nos dijeron que podíamos quedarnos con los libros, y Julio se puso contentísimo, le faltaban aún mil animales o más que pintar y me pregunté si sería capaz de hacerlos todos, porque a veces los niños se entretienen con algo un rato y luego lo dejan. No fue así. Con ese atlas aprendimos que nuestro niño, pues era nuestro ahora, era increíblemente constante y aplicado cuando algo le interesaba de veras. Ella y yo nos alegramos mucho de comprobar que Julio tenía talento y constancia, y pensamos que fuera como fuese la vida en esta ciudad, eso sin duda le sería de gran ayuda. Nos duchábamos tres veces al día por lo de la cristalización, así que en dos días estuve más en remojo que antes en una semana, porque yo siempre fui de bañarme en días alternos, no como ella, que se aseaba entera a diario. A Julio le dieron una pistola de agua para que no se aburriera con tanta ducha y se lo pasaba en grande mojándonos a todos el culo, y cuando digo a todos digo a todos los ocupantes del dormitorio, porque nos duchábamos juntos, hombres, mujeres y niño, que como digo no había más crío que el nuestro. Al principio choca un poco lo de ver a gente extraña o apenas conocida como Dios la trajo al mundo, pero a la tercera ducha te acostumbras, al fin y al cabo con más o menos carne venimos a ser todos lo mismo. Como en la ciudad todas las paredes eran transparentes y había siempre luz de día, andar preocupándose por esconder las vergüenzas o tener muchos pudores carecía de sentido.

En el campo de acogida ya digo que no estuvimos mal, pero como es lógico y fácil de entender para cualquiera que le tenga apego a lo propio, nos alegró mucho cuando nos instalaron en nuestra casa.

En realidad casa no era, sino un pequeño apartamento situado en uno de los cientos de bloques transparentes. Tenía cocina, baño y un dormitorio para los tres con tres sillones de orejas, uno para cada uno, un sofá y una mesa lo bastante grande para comer. Todo requetelimpio, de la limpieza se ocupaba la ciudad, y, ya está dicho, transparente, de manera que si uno miraba a los lados o hacia arriba o hacia abajo veía a todos sus vecinos, lo cual era extraño pero también muy entretenido. Al menos al principio, porque luego, como al fin y al cabo todas las personas hacemos más o menos lo mismo, supongo que acabaría siendo tan corriente y aburrido como pasarse la vida mirándose en un espejo. Televisión no había, ni en nuestro apartamento ni en ningún otro, ni radio ni nada que hiciese mucho ruido, aunque no por esa razón, supongo, porque las paredes, que parecían muy finas, debían de estar perfectamente insonorizadas, ya que a pesar de verlo todo no se oía nada. Para hablar tenía uno al menos la intimidad que quisiera, para lo demás no. Las demás cosas, todas, había que hacerlas a la vista. Como es de imaginar, la primera vez que va uno a hacer sus necesidades en esas condiciones cuesta un mundo concentrarse, y además la mierda cae por unos tubos de cristal que atraviesan el edificio de arriba abajo, lo cual, por mucho que al crío le tronche de la risa y le entretenga un montón, se hace más que raro. Olor no hay ninguno, así que una cosa por la otra. En el mundo en el que vivíamos antes, la mierda se veía menos pero olía mucho más. Sé que a lo mejor me extiendo demasiado en estos asuntos que no son tan importantes y son cosas vulgares y muy de cada cual, pero como digo terminó siendo mi trabajo, así que se comprende que se me haya quedado en la memoria más señalado.

De mi empleo me informaron al tiempo que nos instalaban en la casa, y me indicaron dónde debía presentarme para empezar cuanto antes. Esa misma tarde, después de comer, la comida la dejaban ellos en la nevera de cristal, me acompañaron a la planta de reciclado y destilación de residuos corporales. No es que me fueran a llevar cada día de la mano a trabajar, pero como no conocía la ciudad me llevó hasta mi puesto de trabajo una mujer muy simpática que me lo explicó todo con paciencia y me dio un plano para que a partir de entonces fuera yo solo. El plano sobraba porque la ciudad estaba perfectamente organizada en escuadra y muy bien señalizada, y para perderse por las calles había que ser tonto, cosa que yo nunca fui. Además no estaba lejos, apenas tres manzanas. En esta ciudad, según me explicó esa señora, nadie trabajaba lejos de su bloque para no andar perdiendo el tiempo, lo cual me pareció muy razonable.

Como no podía ser de otra forma, empecé desde abajo, desde muy abajo, en lo que llamaban el sótano blanco, que era donde iba a parar toda la mierda de la ciudad. El sótano era enorme y por allí se movían tractores que arrastraban contenedores encadenados cargados con grandes cajas rectangulares de cristal que parecían féretros, llenas todas de heces, formando lo que de lejos parecían unos grandes gusanos de mierda. Me dieron un mono que me quedaba como hecho a medida y me explicaron la tarea. Lo mío consistía simplemente en conducir esos tractores, no muy distintos a los que empleaba en la granja, y arrastrar uno de esos gusanos desde una puerta a otra. La primera puerta daba a la sala de recogida y embalaje de excrementos, y la segunda, al otro extremo del sótano blanco, daba al centro de reciclaje. Luego otros descargaban los contenedores para hacer lo que hiciesen con las heces, que según decían era algo fabuloso porque de la mierda que yo arrastraba, no sé bien cómo, sacaban después abonos y combustibles y material para la construcción, que por lo visto todo eso que parecía cristal estaba hecho de policarbono natural, y naturalmente extraído de la mierda. El orín era destilado en un sótano similar y reconvertido en agua potable. Daba un poco de asco si uno lo pensaba, pero también era lógico y desde luego práctico, porque así la ciudad se autoabastecía y literalmente no se perdía ni una gota ni había un solo gramo de residuos que no se aprovechara. He de decir que el agua corriente de la ciudad sabía igual que el agua de un arroyo de montaña, y al primer sorbo de esa agua tan limpia, pura y fresca se le quitaban a uno la sed y la aprensión.

Recibí las instrucciones básicas y me puse con ello, no pregunté por el sueldo, ni por el calendario de vacaciones, ni por cosas por el estilo, porque supuse que en un lugar así de moderno y tan científicamente desarrollado estaría todo más que bien pensado. Si con la mierda y el orín hacían lo que hacían, qué no haría esta buena gente con todo lo demás.

Como te daban la comida y la ropa y hasta te regalaban los libros, y no había visto aún tienda alguna en la que comprar nada, era de imaginar que a lo mejor ni había dinero en toda la ciudad, lo cual desde luego no es mala idea porque eso le quita a uno de ambiciones y avaricias y ayuda a que ninguno mire por encima del hombro al de al lado. Cuanto más tiempo pasaba en la ciudad transparente y más cosas descubría, con más cabeza me parecía que lo habían organizado todo, y a pesar de que a nadie le resulta fácil cambiar tan de golpe lo que se ha conocido, veía difícil tener queja. Si me gustaba más o menos el oficio que me tocaba, o la casa que me daban, o no oler a mi mujer como solía olerla, no viene al caso, porque lo urgente en una situación así, creo yo, es acomodarse lo antes posible y no andarle buscando tres pies al gato. No era muy duro, y se paraba para merendar y hasta se podía charlar un ratito con los compañeros, que decidí llamarlos así desde que llegué a mi puesto y tratarlos a todos amigablemente para dejar claro que conmigo no iba a haber líos ni disputas y que yo estaba muy dispuesto a ser uno más. A poco que hablé con ellos me di cuenta de que estábamos más o menos en la misma situación, que cada uno había sido evacuado desde algún lugar del país y que de la guerra ya no sabían nada ni se les daba noticia alguna. Yo no pude sino interesarme por saber lo que ellos habían oído antes de entrar en la ciudad, porque todavía tenía en el frente a mis dos chicos y no me quedaba nada claro cómo demonios íbamos a poder encontrarlos o si iban a poder ellos encontrarnos a nosotros. Me dijo uno que por lo último que él había escuchado, la guerra estaba acabada del todo y que no la habíamos ganado nosotros, y que por lo que podía suponer nuestros soldados estaban o prisioneros o muertos. Yo les conté que vimos soldados a pocos kilómetros de aquí, pero ellos me dijeron que serían soldados enemigos, a lo que yo respondí que eso no era posible porque hablaban nuestro idioma. Y entonces otro me aclaró que muchos de los nuestros se habían cambiado de bando y que ya no eran más de los nuestros sino enemigos. Lo cierto es que no saqué en claro si mis hijos estarían ya muertos, prisioneros o si eran, como esos que vimos, enemigos, aunque bien mirado, si ya no había guerra tampoco eran ya enemigos míos, porque yo esta guerra no la entendí desde el principio, ni sé cómo empezó ni por qué se luchaba exactamente. Salí de la charla de la merienda sin saber si preocuparme más o menos que antes por Augusto y Pablo, y sólo le pedí a Dios que estuvieran vivos y enteros. Y dudé mucho si comentar con ella todas las cosas que había oído, para que no se asustara. Si el gobierno provisional que creíamos el nuestro era en realidad el del enemigo y nosotros ya no éramos nosotros sino parte de ellos, habría que mirar con cuidado qué eran entonces los hijos que teníamos y dónde luchaban o si luchaban, o de qué parte estaban ahora. En fin, que me pareció todo un lío y algo de lo que tendríamos que hablar con calma cuando supiéramos más del asunto. Y reclamar o pedir, en la medida de lo posible, que nos dieran información sobre los chicos cuando nos hiciéramos una idea precisa de qué gobierno era el que nos tocaba, y sin molestar a nadie, eso sí, que ya habíamos visto por lo que les hicieron a los dueños del agua cómo se tomaba esta gente la disidencia.

Por cierto, que corría el rumor de que los dueños del agua habían mantenido durante todo este tiempo su sistema de pulso activo y que habían dado puntual cuenta a WRIST de los movimientos de nuestro grupo, y que venían a la ciudad transparente con la clara intención de espiar y delatar sus actividades y de alentar, en lo posible, células de resistencia. Y que por eso y no por otra cosa los habían colgado boca abajo. Pues en la ciudad en la que todo se veía, lo único prohibido era precisamente esconderse o espiar, porque a qué espiar si ya se veía todo y eran claras y radiantes todas las intenciones. No supe si creérmelo o no, pero desde luego, y como ya he dicho, no me parecía buena idea andar por este lugar preguntando demasiado.

A mi pesar, tuve que apartar del pensamiento a nuestros hijos soldados en cuanto se terminó la merienda, porque mis compañeros me habían preparado una novatada y al volver al tractor empezaron a tirarme bolas de mierda de esas que no huelen y a reírse tanto con el juego que al final me reí yo también y les devolví mis buenos bolazos, y si no hubiese sido mierda me habría parecido que jugábamos como cuando niños con bolas de nieve. Al rato llegó el supervisor y dejamos todos la juerga y volvimos a lo nuestro. El supervisor no se lo tomó a mal y me dijo que era normal esa broma con los nuevos, para irnos conociendo y perdiéndonos el respeto y hacer cariño y lazos, que sin afectos el trabajo se podía hacer monótono, aburrido y eterno, y que por lo demás en el sótano blanco eran todos estupendos compañeros y que no me preocupase, que una vez pasada la novatada era ya uno de ellos y no habría más bromas pesadas sino mucho respeto y ayuda para lo que me hiciera falta, y bromas de las otras, de las que alegran sin ensuciar, según fuesen surgiendo en la dinámica del día a día.

A mí, que la novatada no podía haberme importado menos y que hasta lo había pasado bien, me pareció que el supervisor exageraba con tanta reserva y tanta explicación, que esas cosas entre hombres y mujeres que trabajan juntos y comparten el sudor, aunque el sudor no huela, son de lo más normales, pero el supervisor era un tipo un tanto estirado al que le gustaba explicar muchísimo lo obvio. Eso sí, correcto y muy educado.

Cuando terminamos la jornada dejé mi tractor en el garaje con todos los otros tractores, que si no eran doscientos no eran ninguno, y me fui a las duchas con mis compañeros. Allí nos quitamos los restos de esa mierda que no olía pero manchaba igual que la otra y salimos frescos y limpios y cristalizados.

Si yo estaba satisfecho de cómo iban las cosas, ella estaba entusiasmada. También es cierto que su trabajo era mejor que el mío, aunque eso ya me lo esperaba teniendo ella, como tenía, más educación, imaginación y aptitudes.

A ella la pusieron ni más ni menos que al frente de toda una sección de la biblioteca pública, que con lo que le gustaban los libros fue lo mejor que podían haber hecho. Ya de niña había soñado con una vida como ésta, rodeada de libros llenos de historias, algunas reales y otras fantásticas, y conocimientos, y pensamientos, y todo lo que hay en los libros para disfrutar y aprender, pero se había visto condenada a estar siempre entre asuntos mundanos de fincas, tierras y cría de animales. Me dijo que para eso yo le había sido de gran ayuda, pero que por fin podía hacer ella sola algo que de verdad le gustaba y para lo que había nacido. Me pareció estupendo verla tan contenta, y si me preocupé fue de puro mezquino, de imaginarme que en esa vida de libros que tanta ilusión le hacía no le iba a servir yo de mucho, pero ella, como siempre, me tranquilizó enseguida apenas se dio cuenta de mi inquietud, diciéndome que todo lo nuevo que aprendiera lo quería compartir conmigo y que si bien ya no existía granja ni tierra que cuidar, siempre podría cuidarla con mi atención y mi cariño, que eso a buen seguro lo iba a necesitar toda la vida, y que cuando volvieran los chicos tendría que cuidarlos a todos, a Augusto, a Pablo, a Julio y a ella, y seguir siendo la guía y el faro de la familia. Eso de la guía y el faro me gustó mucho, porque a un hombre le agrada saber que se cuenta con él para lo importante, y no quise decirle yo nada de las grandes dudas que tenía con respecto a nuestros hijos soldados y decidí guardarme esa conversación para luego, cuando estuviéramos más asentados y no fuéramos a sorpresa al día.

Contenta ella con su empleo y conforme yo con el mío, y a la espera de averiguar algo más sobre los chicos en la guerra y sobre la guerra misma, la única preocupación que me quedaba era ver qué plan tenían para el crío Julio, y asegurarme de que él estaba también cuidado y atendido. Y aquí sí que la gente de la ciudad transparente o el gobierno que fuera nos dejó pasmados con su previsión y su eficacia. Si para nosotros, los adultos, lo tenían todo dispuesto, qué decir del trato exquisito que se daba allí a los niños, poco más o menos que eran los príncipes de la ciudad o, como ellos los llamaban, y con razón, que esta gente no hablaba por hablar, las verdaderas causas del futuro. Si lo habían dejado en casa, era para que descansara bien del viaje y para que no se extrañara de inicio con todo lo bueno y nuevo que le esperaba, pero enseguida empezaría, nos dijeron, el colegio, pues la educación es lo esencial para un niño y no admite demora. Y nos darían permiso a los dos, en nuestros nuevos empleos, para que le acompañáramos y para explicárnoslo todo bien. Con esa ilusión nos sentamos los tres a la mesa en nuestra primera cena en nuestra propia casa en la nueva ciudad. La nevera de cristal tenía todo lo que se necesitaba para la jornada, desayuno, comida y cena, y una merienda para el crío, pues nosotros merendábamos en el tajo, pero no contenía nada más. Estaba la comida preparada según las necesidades de cada cual, edad, peso, empleo, y eso que te daban y no otra cosa era lo que había para comer, no porque quisieran aburrirnos sino porque era lo más saludable. En lugar de que cada uno fuera comiendo lo que no le convenía, ellos te preparaban la dieta más adecuada y así se sentía uno muy bien, fuerte y sano, y se ahorraba además un dineral en médicos. Los médicos en la ciudad transparente dedicaban más esfuerzo y medios a la prevención que a la cura, y no al revés, como sucedía fuera de allí, en el resto del mundo. Todo esto lo aprendimos leyendo los manuales que había junto a la nevera, y es que aquí o te lo explicaban todo con paciencia o te dejaban un manual, para que vieses que no se actuaba nunca por capricho y que todo tenía su razón.

Después de cenar nos sentamos los tres en el sofá a leer un rato, ella sus libros y nosotros, Julio y yo, nuestro atlas de animales. A mí me entró sueño el primero y me acosté con mi antifaz, al que por cierto empezaba a acostumbrarme. Ella metió al crío en su camita, que estaba al otro lado del cuarto, y luego se acurrucó a mi lado. Nos besamos con cariño y a dormir. Se me ocurrió pensar cómo haríamos si queríamos follar, con el niño durmiendo en la misma habitación y todo el mundo viéndonos por las paredes de cristal, pero supuse que lo tendrían previsto y que a lo mejor había que ir a otro lugar pensado exprofeso para ello, una especie de lugar de amor, o tal vez hacerlo sin más muy discretamente bajo las sábanas. Mantas no había, porque con la temperatura tan perfecta que tenía la casa y la ciudad entera no hacían falta.

A veces llovía, claro, pero no dentro de la ciudad sino fuera, y era muy extraño porque se veía la lluvia golpeando contra la cúpula pero no se oía nada, y la luz en la ciudad seguía siendo esa preciosa luz de mediodía que no se alteraba nunca, ni de día ni de noche ni bajo la tormenta. Al poco de estar allí ni siquiera mirabas ya al cielo, total para qué, si lo que ocurriese fuera nada tenía que ver con el clima de dentro.

Esa noche dormí muy bien y soñé que iba de caza con los chicos y que matábamos un jabalí enorme. Si algo iba a echar de menos en la ciudad transparente era a mis chicos y mis escopetas e ir de caza al monte, pero bueno, eso lo echaba ya de menos antes, desde que se empezó a acercar la guerra a la comarca y con el ruido y el fuego de las bombas huyeron todos los animales. Tal vez con el tiempo regresen Augusto y Pablo y vuelvan las piezas al bosque y nos dejen salir a cazar por los alrededores. Nadie nos ha dicho que estemos prisioneros o que sea peligroso o esté prohibido salir, aunque lo cierto es que tampoco lo hemos preguntado. Después de que a uno lo saquen de su casa y lo pongan en una fila y lo lleven a otro sitio, te acostumbras a no preguntar nada, no sea que las cosas empeoren. Al fin y al cabo, al entrar aquí vimos a los dueños del agua colgados boca abajo, y ya entonces me quedó claro que a esta gente era mejor venirles por las buenas que por las malas.

Cuando llegó la encargada de llevarnos a ver el colegio ya estábamos los tres duchados, vestidos y desayunados. La gente aquí es extremadamente puntual, así que no conviene tener a nadie esperando. El paseo por la ciudad fue aún más corto que el que tenía que dar yo para ir al trabajo, y esa señora nos dijo que el niño iría a partir de este primer día él solo y que todos los niños iban solos al colegio porque no había peligro alguno, y además de esta manera empezaban a asumir sus propias responsabilidades. La verdad es que coches no había muchos y sólo para traslado de mercancías, ya que nadie tenía vehículo, ni hacía falta porque a todas partes se podía ir andando o en transporte público, que era subterráneo, un precioso tren de cristal que se veía a través de las calles transparentes. Julio, claro está, se puso como loco con el tren de cristal y no paraba de mirar y señalarlo. Le explicamos a la señora que Julio nunca hablaba pero que parecía entenderlo todo muy bien, y que sordo no era ni tonto tampoco. La señora nos dijo que eso no era ningún problema y que también tenían niños ciegos y hasta algún retrasado mental en el colegio y que a todos los críos se los educaba según sus necesidades y se les sacaba provecho. Añadió que Julio le parecía especialmente despierto e inteligente y que estaba segura de que tenía mucho potencial y un futuro luminoso por delante, lo cual nos hizo sentir orgullosos a pesar de que el crío no era nuestro de verdad ni podía, por lo tanto, haber heredado de nosotros esas cualidades.

En el colegio dejé que hablase ella, porque tiene más preparación y cultura que yo. Sí me di cuenta, no obstante, de que era un lugar precioso y de que todos los profesores parecían muy buenos y los alumnos se comportaban de maravilla, dando los buenos días cuando te los cruzabas en el pasillo y hasta cediéndose el paso unos a otros. También jugaban y cantaban y trepaban a los árboles, que los había y frondosos, perales, manzanos, naranjos, todos cargados de frutas, y pinos y olmos grandes y fuertes para que los críos se subiesen por las ramas. En nada se parecía aquel colegio a la escuela del pueblo, tenía hasta piscina y unas instalaciones deportivas como las de las antiguas olimpiadas. La verdad es que en mi vida había visto nada igual, y cuando nos lo hubieron enseñado todo, y después de desearle a Julio mucha suerte en su primer día escolar, nos fuimos ella y yo camino del trabajo hablando sin parar de las maravillas que acabábamos de ver y muy felices ambos de comprobar lo bien cuidado que iba a estar nuestro Julio.

A ella la dejé en la biblioteca, un edificio muy noble y hermoso lleno de libros, claro, y de gente dentro leyendo en mesas corridas. Jamás había visto a tanta gente leyendo al mismo tiempo y ella tampoco, por eso se le iluminaron los ojos al verlo y volvió a decirme lo mucho que le gustaba aquel empleo. A través de las paredes de cristal la vi entrar y me sorprendió el cariño con que la saludaron el resto de empleados, teniendo en cuenta que acababa de empezar. Besos y abrazos le dieron al verla llegar, sobre todo un jovencito muy guapo y muy cursi que me cayó mal nada más echarle el ojo y que me pareció que se excedía en sus atenciones para con mi señora, pero en fin, como llevaba prisa traté de no pensar más en ello y me fui a mi planta de reciclado de residuos corporales a ocuparme de lo mío.

No me hizo ninguna gracia dejarla en compañía de ese apuesto bibliotecario y en otras condiciones la habría sacado de allí en ese mismo instante, pero en este mundo nuevo hubiese quedado como un patán, así que tenía mal remedio. A veces uno tiene que esperar a que las cosas sucedan por más que intuya lo que podría suceder, porque si no, te toman por loco.

La jornada de trabajo fue idéntica a la anterior a excepción de la novatada y de mi afiliación al sindicato. Cuando se presentaron los del sindicato en la merienda no sabía quiénes eran, pero enseguida los compañeros me explicaron que la afiliación era una opción libre y personal aunque muy conveniente y que al menos en esa planta todos los trabajadores estaban sindicados. Los del sindicato se sentaron entonces conmigo y mientras merendaba me fueron contando cómo funcionaba todo el sistema laboral, lo cual por supuesto me interesaba enormemente pues no acababa yo de entender qué gobierno regía en esta empresa o en la ciudad ni cómo se organizaba todo, y no soy tan bobo como para pensar que allí funcionaban las cosas con tanta eficiencia por sí solas o por arte de magia. En la vida anterior nunca fui hombre de asociarme, ni de juntarme con otros ni para defenderme ni para atacar a nadie, y siempre preferí cuidarme solo. Cuando trabajaba a jornal nunca me fie mucho de nadie, ni de mis compañeros ni de mis capataces, y aprendí que todo se gana con esfuerzo y que el respeto se consigue deslomándose y no piándola. De capataz cuidé de los intereses de los dueños sin maltratar a quienes tenía a mi cargo, y cuando finalmente fui dueño por ocuparme de lo de ella traté de cuidar lo nuestro siendo exigente pero justo, y si tuve que premiar un esfuerzo lo hice, y si tuve que correr a alguno por vago o por ladrón no me tembló el pulso. Pero eso era en las fincas, que siempre tienen dueño, y aquí, según me explicaron, dueños no había, y trabajábamos para nosotros mismos y por tanto las decisiones debíamos tomarlas nosotros. No había beneficio sino para la ciudad entera, y cada uno se debía a su función por el bien de lo común y no de lo propio. Tampoco existía el sueldo como tal ni, como ya me había figurado al no ver tiendas por las calles, nada que comprar, ya que la ciudad suministraba a cada cual lo necesario y hasta de los caprichos o las distracciones se encargaba la ciudad, o sea, nosotros, los ciudadanos. Por lo que entendí, jefe o presidente o rey allí tampoco había, y nadie era más ni menos que nadie. Se me ocurrió preguntar qué les pasaba a los que decidían no sindicarse y me dijeron que nada, que era una opción respetada y respetable, pero que casi nadie la asumía porque significaba quedarse fuera de la toma de decisiones y que por lo tanto los no sindicados se quedaban al margen del derecho y de la obligación de decidir con su participación el destino común.

Lo entendí todo a medias y por mi natural desconfianza me imaginé que habría algún gato encerrado y que no podía ser todo tan justo y limpio como lo contaban a no ser que dentro de la ciudad transparente viviese gente de otra especie muy distinta a la que yo había conocido fuera, y como eso no era posible, pues si algo sé es que no hay más gente que la gente y ésa es toda parecida en todas partes, firmé los papeles y me afilié al sindicato sin excesivo entusiasmo. Me guardé mucho, eso sí, de que notaran nada y me callé lo que pensaba y temía, y firmé. Claro que firmé. Me figuré que no había más remedio. Cuando uno llega el último a un lugar, no puede empezar a revolverlo todo. Aun así me propuse encontrar con el tiempo a alguno de esos no sindicados, a ver qué contaban ellos de su experiencia laboral, que seguro que en algo era distinta.

Los del sindicato me dieron un fuerte apretón de manos y se marcharon y yo me acabé mi merienda y volví al tractor. La cantidad de vagones de excrementos que arrastraba cada día era la misma y la velocidad del tractor estaba fijada, así que había poco que hacer bien o mal, o mejor, con más o menos pericia o con mejor o peor suerte en ese trabajo mío que no era duro, como ya he dicho, pero que cansaba y sobre todo tenía pocos o ningún aliciente. Una cosa que se me había olvidado preguntar a los del sindicato era si se podía elegir el oficio o tenía que conformarse uno con lo que le daban, o si se ascendía o se cambiaba en algún momento, o si esto de arrastrar gusanos de heces a velocidad constante iba a ser para toda la vida. Cuando cuidaba de la tierra y los animales, ya fuera a sueldo o pagando, al menos miraba el cielo, y si no había lluvia la esperaba, y si había mucha y se anegaba todo, pues achicábamos y drenábamos y poníamos sacos terreros para proteger el huerto, y si salía un caballo bueno lo criábamos con mimo hasta venderlo, y si salía enfermo le pegábamos un tiro, y si venían los lobos a por las gallinas sacábamos la escopeta, vamos, que había cosas que hacer y sabíamos cómo hacerlas, y de uno dependían también la suerte y la ganancia. Aquí, según yo lo veía, poco más o menos daba que el tractor lo llevase yo o el de al lado, y nada había tampoco en el cielo que nos dijese cómo iba a ir el día, el mes, la cosecha o la ganancia.

Al acabar mi jornada y ya bien duchado, me fui a dar una vuelta antes de ir a casa. Aún no conocía mucho la ciudad, como es lógico, pero como no parecía fácil perderse decidí investigar. Al fin y al cabo había pasado poco tiempo solo desde que llegamos aquí, y menos aún viendo las cosas por mí mismo, sin alguien explicándomelo todo constantemente. En fin, que decidí hacer turismo y, a qué negarlo, se me ocurrió que a lo mejor había un bar por alguna parte donde tomarse una cerveza fría o un vaso de vino, porque de eso en mi nevera de cristal no habían puesto. Iba mirándolo todo muy interesado y la verdad es que era una ciudad muy cuidada y muy bonita, y desde luego organizada como nada que yo hubiera visto, pero también muy igual todo el rato. Los edificios eran los mismos en cada calle, y la gente no vestía ni igual ni muy distinta, al usar siempre camisas y pantalones ligeros que sólo se diferenciaban por el color, y lo mismo para hombres y mujeres, que al parecer ahí faldas no había, lo cual te daba un poco de pena por no poder verles las piernas a las chicas. Lo que se hacía raro, o al menos a mí se me hacía raro no, rarísimo, era que las chicas fueran muy tapadas por la calle y en cambio cuando mirabas a las casas las podías ver desnudas a través de las ventanas. Ya fuera en la ducha o al cambiarse o en el baño, o simplemente porque a algunas les daba por hacer gimnasia como vestidas con casi nada o nada dentro de sus apartamentos de cristal. En un rato veía uno más gente como Dios la trajo al mundo de la que habría visto en una vida fuera de aquella ciudad. Eso sí, como digo, por la calle todos y todas iban vestidos muy discretamente y como si intentasen no llamar la atención. En fin, un poco chiflado el concepto del pudor de esta gente.

En eso iba yo pensando, y en encontrar ese dichoso bar que no aparecía, cuando me crucé con una cara conocida. Se trataba del agente de zona, y la verdad es que aunque no le tuve nunca especial afecto me hizo una ilusión enorme encontrarme con un conocido de la vieja comarca, que aunque la habíamos dejado atrás hacía apenas unos días me parecía ya otra vida y otro mundo. El agente de zona también se alegró lo suyo al reconocerme, y hasta nos dimos un abrazo que nació así, solo, espontáneo. Enseguida me dijo que este encuentro había que remojarlo, y a mí eso me sonó como las campanas del cielo y le reconocí que llevaba ya un rato largo buscando un bar. Eso está hecho, me dijo, y me llevó a lo que de no haber sido de cristal, como todo, habría pasado por una taberna de lo más normal y corriente en cualquier pueblo. Nada más entrar nos sirvieron cerveza helada, y he de decir que aunque no tenía marca alguna era la cerveza más rica que jamás había bebido, o al menos así me supo, tal vez porque empezaba a pensar que en esta ciudad además de un poco raros eran todos abstemios. Nada de eso, la cerveza era rica y gratis y tenían toda la que uno se pudiera beber, y el bar estaba de lo más animado, con hombres y mujeres charlando tan tranquilamente entre bromas y risotadas. Un bar como Dios manda. ¡Lo que nos pudimos reír el agente de zona y yo! No me caí del taburete un par de veces de puro milagro. En la comarca, y con el asunto del traslado y, claro está, la guerra encima y alrededor, nunca me había fijado en lo salado que era este hombre. Él mismo se excusó por su conducta anterior explicando, aunque no hacía falta, que lo serio de la situación y la responsabilidad de su cargo le tenían un tanto cohibido, pero que él en realidad, en otras circunstancias, era un hombre muy alegre y de trato más que sincero y amable. Incluso gracioso. Y tanto: si no me contó cien chistes no me contó ninguno. Yo con los chistes soy muy malo y luego nunca sé repetirlos, pero me contó uno de un marido que llega a casa y se encuentra a su mujer en la cama con un caballo que casi me parte en dos de la risa. Ojalá pudiera acordarme, porque la cosa tenía miga y al final el caballo hablaba y resultaba ser abogado por no sé qué universidad de prestigio y no me acuerdo de qué líos más, todos graciosísimos. A la quinta cerveza, como suele pasar, y al hablar de la comarca y de cómo había quedado allí lo nuestro, nos pusimos de pronto más serios y hasta un poco tristes.

Como me imaginé que él por su cargo, o excargo como agente de zona, estaría más enterado que yo de cómo andaban las cosas, me puse a tirarle de la lengua, y el hombre, que a estas alturas me daba ya trato de íntimo amigo, no dudó en explayarse y si se calló algo de lo que sabía no me lo pareció ni me dio razón alguna para dudar de su palabra. Es curioso lo que une una comarca cuando se encuentran dos paisanos en un lugar extraño. Los dos, creo, nos confesamos más en el curso de seis pintas de cerveza de las que yo al menos había querido confesarme a mí mismo desde que nos informaron de la evacuación y me hice a la idea sin rechistar siquiera de abandonar para siempre lo que hasta entonces había sido mi tierra y mi vida.

Me contó lo duro que había sido para él sacar a la gente de la comarca y sobre todo dejar fuera y a merced del enemigo a todos aquellos a los que el gobierno provisional no había sellado los papeles. El hombre casi se echa a llorar al recordar a las mujeres y a los niños gitanos, o a los sospechosos a los que le habían ordenado no incluir en la salvación de la comarca. Aprovechando su franqueza, me atreví a preguntarle por los dueños del agua y le confesé cuánto me había sorprendido verlos colgados boca abajo a la entrada de la ciudad, a pesar de que durante nuestro breve viaje juntos se habían portado como dos miserables y de que luego había oído, además, los rumores de sedición que los perseguían. Me dijo que aquellos dos se merecían el destino que tuvieron, pues era notorio en toda la comarca el hecho de que especulaban con el agua sin importarles la sed del pueblo y de que trataron de achicar su propio embalse para subir el precio cuando el gobierno provisional y enemigo se hizo con el control de la comarca y del país entero. Y que el asunto del WRIST activado era todo menos un rumor, y que esa pareja de pájaros de mal agüero pretendía entrar en la ciudad como dos caballitos de Troya. Añadió, no obstante, que a él también le había revuelto el estómago verlos colgados, sobre todo a ella, a pesar de haber redactado él mismo el informe incriminatorio que les aseguró la muerte. Se veía que el hombre tenía buen corazón y que no había sido plato de gusto tener que desempeñar un cargo que él no había elegido y que le obligaba a tantas crueldades. Además era evidente que no compartía las decisiones del gobierno que sin embargo no tuvo más remedio que aplicar a rajatabla. También me habló del miedo que tuvo a desobedecer las órdenes que le dieron pues, según me dijo, había pelotones de fusilamiento esperando a que a alguno de nosotros o a él mismo se le ocurriera resistirse o dudar siquiera del plan de evacuación. Así había sido al parecer en el país entero, pues la guerra se sabía perdida desde hacía mucho y estos planes llevaban en marcha, sin saberlo nadie, más de un año, y el ejército, calladamente, se había preparado en consecuencia. En cuanto a si éramos ahora nosotros ya una parte de lo que antes llamábamos el enemigo, me confirmó que sí, que era cierto, pero que se había escondido esa información con mucho cuidado para evitar la sublevación de los patriotas, si es que los hubiera, y que el gobierno provisional era en realidad la sección escindida del gobierno permanente que había traicionado nuestra bandera para pactar con el enemigo los términos de la derrota y posterior ocupación. También me dijo, y esto sí que me sorprendió, que nuestro país había sido en realidad el agresor y culpable último de la guerra entera y que el resto del mundo, lo que llamábamos enemigos, eran en realidad los aliados por la libertad, y que era nuestro país el que había actuado de mala fe desde el comienzo, traspasando el límite de sus fronteras y anexionándose por la fuerza las islas del mar del norte y estableciendo asentamientos en territorio robado a los países vecinos del delta. En resumen, que si se dividía la cuestión entera de la guerra, y por simplificar, entre agresores y agredidos, o más simple aún, entre buenos y malos, los malos éramos nosotros. Me relató brevemente los grandes crímenes contra la humanidad cometidos por nuestro ejército, los fusilamientos en los campos de refugiados, la expulsión de disidentes, la persecución sistemática de los gitanos, los bombardeos inmisericordes sobre poblaciones civiles, las violaciones, las mutilaciones, las fosas comunes.

Me dio mucha pena enterarme de todo esto y sentí haber dejado a mis chicos partir para esa guerra, y más rabia aún darme cuenta tan tarde de que me había tragado sin hacer preguntas ni rechistar la maldita propaganda que nos habían servido en plato de loza. Sentí que se me revolvían las tripas del asco, y es que cuando se come basura se vomita basura. Pensé en el estúpido orgullo que me dieron las medallas de los chicos y en que tal vez estuvieran ahora muertos, o prisioneros, y todo por una mala causa, y me arrepentí de haber nacido, en primer lugar, y en segundo lugar de haber nacido precisamente donde lo hice, y así de bobo. Tan triste me vio entonces el exagente de zona, que enseguida se puso a tratar de animarme diciéndome que habíamos caído todos en el mismo engaño y que no me cargara yo con culpa alguna, que nos habían mentido muy bien a todos y que de tan perfecta que parecía la mentira hubiese pasado por loco el que no la creyera. Algo me animó escucharle, pero lo cierto es que cada uno tiene la capacidad de pensar por sí mismo y me maldije por no haberla aprovechado mejor. De haberlo hecho, me dijo él, de haber dudado de veras en su momento de la eficaz propaganda del estado, me habrían fusilado seguro y a mi lado estarían, en una fosa común sin cruces, mis hijos y mi señora. Con eso ya me convenció más el exagente de zona y ahí sí encontré consuelo, o al menos algo real tras lo que esconderme y consolarme, pues uno puede por razón o creencias o coraje rebelarse contra un mal, pero por nada puede un hombre cabal poner en peligro a los suyos.

Después de todo lo que cuento, como es de imaginar, la conversación había decaído, y de las risas de hacía apenas nada no quedaba ni rastro, pero teniendo en cuenta que la cerveza era gratis, hicimos lo posible por no irnos de la taberna de cristal con gesto de entierro o, peor aún, de enterradores, que así se nos había quedado la cara de contarnos tantas desgracias y enfrentarnos a tantas desilusiones. Le pedí, como un tonto, que me volviese a contar el chiste del caballo, ese en el que el caballo era abogado y un pobre hombre lo encontraba en la cama con su señora, y ni que decir tiene que a la segunda, como pasa siempre, ya no me hizo ni la mitad de gracia y hasta me pareció de mal gusto y puede que doloroso. A veces, cuando se ha perdido ya la magia y la situación ha decaído, lo más sensato es abandonar, pero es justo entonces, cuando se le ve el final a la noche, es un decir, porque en la dichosa ciudad esta no anochecía nunca, cuando se anima uno ya a la desesperada y así caen las cervezas del remate, las que dan luego resaca sin dar alegría, las que en realidad no sirven de nada y si sirven de algo es para que tu señora se enfade y tenga materia suficiente para el reproche.

En fin, que salimos de allí tambaleándonos, o casi, y como si fuéramos dos imberbes, terminamos meando en la calle, que al ser toda de cristal no empapaba y se quedó todo ahí en el suelo para que cualquiera se resbalara, un charquito que daba vergüenza de sólo verlo. La gente que nos veía, efectivamente, como no podía ser de otra forma en una ciudad transparente y sin noche, torcía el gesto, y una vez más sentí un terrible malestar, como había sentido cada vez que me había emborrachado en mi vida de antes, pues tampoco entonces se me daba bien lo de sujetar el alcohol en el cuerpo y andar derecho y como si tal cosa, como hace la gente esa de la que se dice que sabe beber y de la cual, para ser sincero, no he conocido yo nunca a ninguno.

A pesar de lo mal que había acabado nuestro encuentro, nos despedimos con gran afecto el exagente de zona y yo, y hasta juramos repetirlo, y no nos cambiamos los números de teléfono porque en mi casa no había teléfono y en la suya al parecer tampoco. Lo que sí hicimos fue dar por sentado que cenábamos juntos el domingo y justo al decirlo caí yo, a pesar de lo perjudicado que iba, en que no sabía ni qué día era, ni si los días en la ciudad se contaban como cuando estábamos fuera. Él me confirmó que sí, que la semana era la misma sólo que sin misa, de lo cual me alegré porque, aunque creo en Dios a mi manera, nunca entendí por qué había que ir a repetírselo cada semana a la misma hora y en el mismo sitio si se suponía que dijo que estaba en todas partes todo el tiempo. Después de acordar lo del domingo y de darlo por seguro, aún nos despedimos con otro abrazo de esos muy largos que se dan los hombres cuando están borrachos, y luego cada uno, o al menos yo, se puso a la tarea de encontrar su propia casa.

Al exagente lo perdí de vista en una esquina, y yo giré hacia la contraria más por no andar detrás de él que por saber adónde iba. Si antes en la ciudad me había parecido muy fácil ubicarme, ahora, entre el despiste y las cervezas, no atinaba a reconocer por dónde pasaba. Era todo tan igual que no conseguía entender cómo encontraba la gente lo suyo, y debí de dar unas cien vueltas hasta ver a través de las paredes a mi propia señora sentada en la cama con cara de te vas a enterar de lo que vale un peine. La imagen me dio miedo y consuelo a la vez. Miedo por la que me esperaba, y consuelo porque había dado por fin y por mi propio pie con mi casa.

En el ascensor de cristal traté de recomponer la figura, y antes de que abriera la puerta de cristal hasta me atusé el cabello como quien trata de peinarse mal y tarde a pesar de saber, porque la veía, que en este mundo transparente no había forma de esconder nada ni por un instante, y que ni siquiera hacía falta abrir una puerta para verle a uno la mala cara.

Como el niño ya estaba dormido no hubo gritos, ni se me pidieron explicaciones. Lo único que dijo ella fue que se había preocupado horrores por mi tardanza y que mejor que nos fuéramos ya a la cama, que era tan tarde que íbamos a llegar al trabajo sin el suficiente descanso. Me lavé un poco la cara en el baño transparente, al otro lado de un señor, mi vecino, que parecía estar a lo suyo sin mucho éxito, y luego, con el cuerpo revuelto por lo uno y lo otro y sin cenar nada, me fui a la cama.

Como pasa siempre en estos casos, la juerga que me corrí no mereció la pena que me trajo, y mientras me dormía juré no volver a repetirlo, por más que regalasen cerveza fresca en esta ciudad sin paredes o por más que hiciese falta recordar de cuando en cuando cómo era la vida de antes de ésta.

Si no la besé aquella noche fue por no echarle el aliento, y no porque no la quisiera, y porque acostumbrado como estaba a esa otra vida, se me olvidó por un segundo que allí nada olía. Supongo que el miedo se quita más despacio que el olor, o nunca.

Por la mañana me demoré, por culpa de la resaca, y el niño y ella salieron antes que yo de la casa. También, a qué negarlo, me demoré por no verlos, o por que ellos no me vieran. Al llegar al trabajo, casi me alegré de subirme a mi tractor y arrastrar mi pequeño tren de excrementos sin que a nadie le importase si había salido yo más o menos o había bebido esto o lo otro la noche pasada. A veces un empleo, por bruto que sea, es el mejor consuelo para un hombre que no quiere hablar con nadie ni explicarse demasiado. A la hora de comer ya estaba yo más animado, y como se podía elegir comerse el rancho en la mesa larga del comedor o sacarse la bandeja al jardín, me la llevé fuera para por lo menos ver los árboles y salir un poco del sótano blanco que, aunque era tan transparente como el resto de las cosas de la ciudad, estaba mucho más abajo y de ver tanta gente encima cuando se miraba hacia arriba terminaba agobiando un poco. En el jardín había plantas y una fuente y arbolitos, y cuando se miraba hacia arriba se veía la cúpula, que era tan alta y tan luminosa que se parecía mucho a un cielo blanco sin nube alguna. Uno de esos cielos que amenazan nieve, pero sin frío, claro.

A la hora de la merienda ya estaba yo casi del todo recuperado y maquinando volver a la taberna, si era capaz de encontrarla de nuevo, a tomarme sólo una, o tal vez dos, para coger coraje y regresar a casa.

La taberna la localicé con más facilidad de lo que esperaba, y he de reconocer que aunque en un principio me dio pena no ver allí al exagente de zona, de quien se podía decir que era mi único amigo, luego me alegré de que no estuviera porque así pude cumplir mi promesa y al terminar mi segunda cerveza me fui derecho para casa como un buen muchacho.

Ella, que me quería, ni mencionó la noche anterior, y cenamos los tres si no animados, al menos tranquilos. El crío como siempre no dijo ni mu, pero ella me contó que había vuelto del colegio con una nota de felicitación por su extremada buena conducta y que se había puesto a hacer sus deberes hasta acabarlos todos, de lo cual me alegré. Pues mis hijos eran igual de cumplidores, y no soy yo hombre de soportar la vagancia en su propia casa.

Me fui pronto a la cama, sin mirar siquiera mi atlas de animales, y ella y Julio se quedaron un buen rato leyendo libros de verdad y hasta me pareció escuchar, medio dormido, que ella le contaba un cuento antes de ponerle su antifaz al crío y tumbarse conmigo en la cama. Esa noche tampoco nos besamos, pero esta vez fue porque ella no quiso. Y cuando traté bajo las sábanas de buscarle el calor, me dejó muy claro que no lo tenía y me pareció extraño, porque en la vida de antes había sido casi siempre muy fogosa.

No sé si fue porque me negó el cariño o por todo lo que había pasado desde que quemé la casa o ya de antes, cuando en la casa no estaban los chicos ni la tierra daba fruto, o cuando dejamos que nos quitaran los caballos y las gallinas, pero algo raro notaba yo en lo nuestro, lo que había sido siempre sólo nuestro, y empecé a darle tantas vueltas que no sé por cuánto tiempo permanecí ahí tumbado con el antifaz de marras sobre los ojos sin conseguir conciliar el sueño. A ella en cambio la oía respirar profundo, como hacía siempre que dormía, lo cual no es lo mismo que roncar. Yo sí que roncaba, y bien fuerte, tanto que a veces hasta me despertaba a mí mismo del ruido que metía. Normalmente me tranquilizaba su respiración y si por lo que fuera, por las preocupaciones normales del día, me costaba coger el sueño, me bastaba con escucharla a ella y acompasándome a su aliento me dormía, pero ahora aquí, en esta ciudad sin noche y en esta cama que no habíamos comprado ni elegido y con ese crío robado o prestado en la habitación y con esta vida de cristal, se me hizo de pronto imposible dormirme, y cuanto más lo intentaba más a las claras veía que no iba a haber manera, así que al final abandoné por completo la idea y me puse en pie con mucho cuidado de no despertarla, y me quité el antifaz y miré alrededor de la habitación en esa noche sin luna ni oscuridad ni nada, y vi a toda esa gente durmiendo, cientos y miles de personas desconocidas durmiendo tan plácidamente, y me pareció una espantosa pesadilla de la que no podía despertar sino cayendo dormido y volviendo al bosque, y encontrando en mis sueños el lugar donde en la realidad de allá fuera, en la realidad de antes, había enterrado mis escopetas.

Así pasé las horas, sentado en la cama sin saber qué hacer, dándoles vueltas a las ideas más siniestras y con muchas ganas de salir de esta ciudad a pesar de lo mucho y bien que nos cuidaban. Como pasa siempre con el insomnio, en algún momento debí de caer dormido sin saber exactamente cuándo. Porque de pronto me despertó ella, ahora sí con un beso y con el desayuno ya preparado y puesto en la mesa.

Como no había descansado bien, esa mañana lo hice todo muy lento, con esa sensación que se tiene cuando no se descansa y que es como estar andando sobre el barro y con los pies de plomo. Por poco no llegué tarde al trabajo, y por más café que saqué de la máquina no conseguí espabilarme completamente, ni hablé con nadie, ni estuve de buen humor, y después de la merienda, cuando ya apenas quedaba nada para terminar la jornada, sucedió lo que en realidad había estado temiendo todo el día: me despisté y crucé mi tractor antes de tiempo y me llevé por delante el tractor que venía de frente. El choque fue tremendo para lo despacito que íbamos. Me caí al suelo y tiré también al otro conductor y se desparramó la mierda inodora y me echaron la bronca y me llevaron derecho al supervisor y de allí a la consulta del médico.

El médico se preocupó por mi insomnio y por mi mal aspecto y me dijo que era normal en periodos de cambio y adaptación acumular tensión, y que tal vez lo que necesitaba era un consejero. Le pregunté si quería decir un loquero, y él me aseguró que no, que en esta ciudad no los había, y que no se tenía en muy alta estima la psicología en general, me contó que ciertos trastornos nerviosos leves, como el que sin duda me aquejaba, se dejaban en manos de consejeros, personas altamente capacitadas para escuchar con simpatía, y que eso con frecuencia era más que suficiente y funcionaba mejor que las pastillas o las tortuosas sesiones de psicoanálisis. Le pregunté entonces si un consejero de ésos no sería en realidad un cura y se rio y me dijo que no, que curas en la ciudad tampoco había ni falta que hacían. Por último, quise saber si el consejero era obligatorio, una especie de castigo por haber estrellado mi tractor. El buen doctor volvió a tomarse a broma mis muchas precauciones y me dejó claro que no se trataba de castigo alguno, que era sólo una opción y que me tocaba a mí decidir y que en cualquier caso me iba a dar una pastilla que me ayudaría a descansar de inmediato y una baja de dos días para que me recuperase por completo.

Salí de la consulta y fui a cambiarme. Los compañeros de la planta me animaron y el supervisor me dio unas palmaditas en la espalda para quitarle importancia al asunto. Todos me desearon que me pusiera bien y que volviera pronto. La verdad es que me hicieron sentir mejor, no me gusta fallar en el trabajo, nunca me ha gustado, ni tampoco soy de enfermar por nada y en general me tengo por un hombre fuerte que no elude sus responsabilidades. En las tierras, antes incluso de que fueran mías, nadie me vio nunca flaquear en el tajo, ni se me conocieron toses ni fiebres que me apartaran jamás de la labor, y si había que levantarse mientras aún dormía el gallo, allí estaba yo el primero, y si había que llevar el trigo al silo con la luna, nadie me vio ni un bostezo. A hacer lo que se terciaba no me ganaba ni el mejor jornalero, y puestos a vigilar por el bien de la tierra y la despensa de la casa, tampoco había nacido capataz más riguroso y dedicado. Si ahora, en este empleo tan sencillo de llevar excrementos de aquí para allá, que no era desde luego ni más duro ni más difícil que los empeños a los que estaba acostumbrado, flaqueaba, no era, pues, culpa de mi condición ni desde luego de mi naturaleza, sino de algo muy raro que ni yo sabía bien qué era y que no me habría pasado nunca en el mundo que yo conocía. Resumiendo, que yo era y fui siempre hombre de ley, y de trabajo duro y de no escaquearme ante obligación alguna, y de cargar la espalda con lo que hiciera falta como un burro, sin queja, y de sudor en la frente y sueño honesto. Había arrastrado no mil sacos sino muchos más en mi otra vida sin torcer jamás el gesto, y arrastrar mierda con tractor no era nada que estuviese por debajo ni por encima de mí. De manera que este nuevo yo que descarrilaba su mercancía y que se iba del trabajo al final de la jornada muy enfermo ni era yo, ni lo reconocía, ni me gustaba. Ningún peso me resultó fácil de llevar, ni las patatas, ni el trigo, ni la leña, ni la harina, pero lo hacía. No conseguir cumplir una tarea, la que fuera, me hacía sentir en deuda con el mundo entero y sobre todo con lo poco o mucho que yo fuera.

Regresé a casa con mi pastilla para el descanso y mi baja sellada. El apartamento estaba vacío y también lo estaban los de alrededor, así que por una vez pude sentarme allí sin ver a toda esa gente con la que me veía obligado a compartir mi intimidad cada mañana y cada noche. Me tomé la pastilla y me tumbé en la cama, y al poco tiempo caí en un profundo sueño.

Desperté dos días más tarde. Ella estaba preparando el desayuno y Julio aún dormía. Me preguntó cómo me encontraba y le dije que aturdido, y entonces me contó cuánto tiempo había dormido y me asusté. No podía creer que de veras hubiera dormido más de cuarenta y ocho horas seguidas. Al levantarme me dio un mareo y ella me ayudó con mucho cariño a llegar hasta la mesa. Luego despertó al crío y desayunamos todos juntos y con el zumo de naranja y los cereales y un par de huevos empecé a sentirme mejor. Tenía un hambre de lobo, pero no me dejó hartarme porque no me convenía e hizo bien. Cuando terminé el desayuno me di una ducha. Al otro lado de la pared de cristal se duchaba cada mañana el mismo vecino pero no nos saludábamos ni nada por el estilo, es más, hacíamos como si no nos viéramos y la verdad es que de tanto ver a la gente al final era como si no existiera, y supongo que el mismo efecto les producía yo a los demás. En cualquier caso, bajo el agua de la ducha me encontré cada vez más fuerte y animado, casi alegre, y hasta tareé una vieja canción de la escuela de la que no sé por qué me acordé de pronto. A pesar de haberme despertado algo confuso, al salir de la ducha y vestirme noté que mi cabeza funcionaba ya a las mil maravillas y eso me hizo sentir bien, dispuesto y capaz. Tenía ganas de llegar al trabajo y demostrarles a todos que ya estaba recuperado del todo y que se podía confiar en mí y que el suceso del tractor no volvería a ocurrir y que no pensaba descarrilar más y que la mierda de la que me hacían responsable cada día estaba en buenas manos.

Con tan buen humor como salí de casa nada podía irme muy mal, y efectivamente tuve un día mejor que ningún otro. El trabajo lo realicé a la perfección y, al contrario que en las jornadas anteriores al accidente, ni me pareció aburrida ni mucho menos insignificante mi tarea. Todo en esta vida hay que hacerlo con atención y cuidado, y llevar un gusano de excrementos no es una excepción. Ya había visto lo que sucede a poco que te descuidas al hacer las cosas y no pones los cinco sentidos. Había aprendido la lección. Al fin y al cabo, aquellos que se quejan del trabajo que les ha tocado en suerte en lugar de dar gracias a Dios esconden una malsana arrogancia y piensan merecer algo mejor, y así pasa con todo en la vida. Los insatisfechos siempre creen merecer más de lo que les dan y de esas quejas se hace un mundo de pusilánimes e inútiles. De gente que le pide a la tierra fruto sin haber puesto antes empeño.

Yo no era hombre de andar llorando ni renegando de mi suerte, y no sé qué pudo haberme pasado esos días atrás en los que me fui envenenando yo solo con pensamientos torcidos y ansiedades sin causa. Ahora que estaba recuperado sentía que volvía a ser yo, pero un yo mejor, más tranquilo y centrado, más dispuesto a cumplir con mis obligaciones sin tacha ni protesta y, por qué no decirlo, más entusiasmado con lo que el presente me ofrecía. El pasado y el futuro empezaron a apartar de mí la sombra siniestra de las nostalgias y las ambiciones, que son como manos capaces de ahogar a un hombre, y pude ver claramente que con hacer lo que se me encomendaba y hacerlo bien, con esmero, era más que suficiente para estar feliz. Le di gracias a Dios por tener un trabajo, una mujer como ella a mi lado, un lugar donde vivir y un niño como Julio, tan sano y alegre, para hacernos compañía, y sólo le pedí al Señor que Augusto y Pablo, vivos o muertos, tuviesen en ese mismo instante la misma paz de espíritu de la que disfrutaba yo.

Durante la comida, los compañeros se mostraron muy atentos; me preguntaron por mi breve enfermedad sin mala intención alguna y con preocupación verdadera y se alegraron al verme tan plenamente recuperado y aun mejor que antes. Nos hicimos muchas bromas cariñosas y hablamos de lo que hablan los hombres cuando comen, de la familia, de mujeres y hasta de caza, pues había entre mis compañeros al menos otros dos buenos aficionados. Tan agradable fue el día entero que se me hizo corto, y ya en la ducha casi sentí tener que volver a casa, aunque una vez en la calle me fui derechito para allá y silbando con muchas ganas de abrazarla a ella al llegar y darle las gracias por lo mucho que hacía por mí y deseando ver también al niño e interesarme por sus avances en la escuela. Me di cuenta de que desde que habíamos llegado no le había prestado suficiente atención a Julio y eché de menos jugar con él y verle reír, y me decidí a remediarlo. Por supuesto que ni se me pasó por la cabeza el parar por la taberna, y yo mismo no entendí qué demonios andaba buscando ahí estos días atrás ni qué penas trataba de ahogar en cerveza, si penas de verdad no tenía.

Es formidable cómo cuando uno se encuentra así de bien las ideas vienen claras al cerebro y sin aristas ni laberintos, y cómo los sentimientos anidan en el pecho dulcemente y se quedan ahí hermosos y fuertes y el miedo desaparece. En resumen, que me encontraba mejor que bien, de hecho me encontraba tan bien, tan alegre, tan amoroso, que empecé a preguntarme qué demonios de pastilla era esa que me había dado el médico. Seguí andando por la calle animado por esa felicidad tan grande que me llevaba en volandas sin que yo pudiera hacer nada por detenerla. Una felicidad tan grande, tan plena y tan injustificada que, a qué negarlo, empezó a agobiarme.

Cuando llegué a casa, ella me tenía preparada una pequeña sorpresa: había invitados a cenar. Bueno, en realidad un solo invitado, ese chico tan bien plantado que había visto en la biblioteca pública cuando fui a acompañarla el segundo día. No tuve que esperar a abrir la puerta para verle, porque desde el ascensor ya los vi a los dos, al guapo y a ella poniendo la mesa y haciéndose bromas la mar de divertidos. Se veía, pues no podía escuchar lo que se decían, que se llevaban muy bien y que habían hecho buenas migas en el trabajo. Traté de enfurruñarme un poco ante tanta cordialidad entre el muchacho y mi señora pero no pude, y en lugar del sentimiento que buscaba encontré otro inadecuadamente generoso y me alegré en lo más profundo de mi ser, y sin poder evitarlo, de verla tan contenta en la compañía de otro hombre. Cuando entré en casa y me lo presentó, a pesar de que ya lo había visto y lo tenía fichado, tampoco pude mirarlo con recelo como era mi intención, sino que le mostré mi más grande y franca sonrisa y hasta le di un abrazo sincero. Y le dije que estaba en su casa, a pesar de que esperaba que no se le olvidara que estaba en la mía.

Corrí entonces a abrazar también a Julio, y me senté en el suelo a jugar con él y a hacerle mil zalamerías, disfrutando de mi niño como un tonto mientras ella y su amigo seguían con los preparativos de la cena, cada vez más encandilado el uno con la otra. Y mucho me temo que también la otra con el uno. No sólo se reían de todo lo que decían como si fuera la cosa más graciosa del mundo sino que además buscaban cualquier excusa para rozarse, no es que se estuvieran frotando delante de mis narices, no, pero sin venir mucho a cuento aprovechaban la más mínima oportunidad para darse una palmadita en el hombro, un gesto, un estar demasiado juntos al abrir la escarola para la ensalada, en fin, esas cosas que una sola no dice mucho pero que así juntas hablan de una complicidad indisimulada. Me asombró que en tan poco tiempo se hubiesen hecho tan amigos, tan compañeros, tan lo que fuera. Quise encontrar en mi cabeza las ganas de pararle los pies al petimetre ese, pero en su lugar me sorprendí abriendo la botella de vino que él mismo había traído para agasajarnos y sirviendo las copas, la de él y la de ella, y un poquito para mí, y sentándome a la mesa y escuchando hablar al jovenzuelo con toda la atención del mundo. Y poco a poco el chico, a mi pesar, me pareció inteligente, educado y completamente encantador. Y que no se me olvide mencionar la buena mano que tenía con los niños, que la tenía. Julio no se separó de él durante toda la cena, y al terminar le enseñó sus trabajos y sus dibujos, y ante las mil alabanzas que el más que correcto muchacho le hacía el crío se entusiasmó y hasta le dibujó un retrato al carboncillo con todo detalle sacándole un parecido asombroso. Y es que el niño era todo un artista. Julio le regaló el dibujito y ojalá se lo hubiera llevado a su casa, pero a ella no se le ocurrió otra cosa que ponerlo con cinta adhesiva en la puerta de la nevera y allí se quedó. Después yo fui tan bobo como para llevarme al niño a un aparte, y sentados sobre mi cama nos pusimos a nuestro atlas de animales mientras el joven y mi señora se sentaban en el sofá a hablar de sus libros y de mil cosas importantes con toda esa cultura que ellos tenían y yo no.

Metí yo mismo al crío en su camita mientras el apuesto y brillante joven se despedía. Luego fui a darle otro abrazo si cabe más sincero que el anterior, y lo peor de todo es que cuando salió por fin por la puerta me quedé como embobado mirándole y no pude reprimir cierta tristeza, pues era un muchacho tan agradable que su mera presencia iluminaba la casa y te hacía sentir bien y a gusto, aunque hubiera estado coqueteando toda la noche, o eso me pareció al menos, con mi esposa, y engatusándola de tal manera que ella sólo mostraba tener ojos y oídos para él. En fin, que sin poder evitarlo le eché de menos mientras le veíamos bajar en el ascensor agitando la mano en señal de afectuosa despedida, gesto al que yo respondí moviendo también mi mano sin haber querido hacerlo, y hasta me sorprendí a mí mismo preguntándole a ella cuándo podría volver nuestro invitado y comentándole que un chico tan estupendo como ése merecía nuestra amistad más profunda, y añadiendo lo contento que estaba de que hubiese encontrado un compañero tan correcto e interesante con el que compartir las largas jornadas de trabajo en la biblioteca. Por qué me comporté como lo hice y por qué dije lo que dije y, todavía más, cómo fue que sentí lo que sentí es para mí un misterio, y lo peor de todo es que, habiendo traicionado de tal manera mis costumbres y aun mi propia naturaleza, puedo asegurar que nunca me había sentido mejor ni más a gusto con mis sentimientos ni más en orden con el universo.

Lo cierto es que desde que me mandaron quemar mi casa y hacer las maletas había puesto mucho empeño en adaptarme a lo que fuera que fuese de mi vida, pero jamás había soñado con llegar a estos extremos, con ser tan feliz frente a la adversidad, y sobre todo a mi pesar.

Al día siguiente me apresuré a visitar al médico aprovechando el descanso de la comida. El médico, como es lógico, negó haberme dado ninguna extraña droga y me dijo que lo que sentía no era más que el fruto de mi perfecta adaptación final a mi nueva vida y que debería estar celebrándolo en lugar de haciéndome incómodas preguntas que no conseguirían otra cosa que traer de vuelta la inquietud, el hastío y el insomnio. Le contesté que por eso no se preocupase en absoluto porque de hecho me pasaba el día celebrándolo todo por dentro, y que de tanto celebrar ya no sabía qué celebraba pero que al llegar a ese punto, lejos de enfadarme o inquietarme, celebraba mi desconocimiento y mi ignorancia, y que en realidad no podía dejar ni por un segundo de celebrarlo todo y que incluso celebraba esa misma conversación que estaba teniendo con él pero no tanto como sin duda celebraría salir de su oficina y regresar al trabajo.

Me preguntó si había comido y le respondí que no, pero que también me alegraba no haberlo hecho porque así disfrutaría más de la merienda. Y luego, efectivamente, dejé la consulta del médico y volví a mi trabajo tan contento.

Algo tenían esta ciudad y cada uno de sus asuntos que hacía que uno fuese incapaz de quejarse de nada, no porque no te dejaran hablar, que te dejaban, sino porque no conseguías encontrar queja alguna de lo bien que funcionaba todo, y en el fondo del alma no tenías más que una sensación de contento que no te abandonaba nunca, y como no había gran cosa que esperar o temer del día de mañana tampoco era fácil sentir angustia, o ese miedo impreciso que sentía yo en mis tierras ya fuera por la guerra, la seguridad de los míos o los lobos que merodeaban de noche cerca de las gallinas. Es curioso comprobar cómo se echan de menos sensaciones que no son buenas, pero a las que uno se ha acostumbrado, y cómo sin miedo alguno se duerme bien pero se levanta uno extraño. De tanto acostarme cada noche sin temor me iba yo pareciendo a mí mismo otra persona, alguien en quien no podía confiar del todo. En la ciudad transparente iglesias no había, de manera que si uno quería confesar algo tenía que confesársElo a sí mismo. Y como digo, no me atrevía a confesarme lo harto que estaba y lo mucho que me empezaba a cargar esto de estar siempre tan contento y no saber bien por qué razón. También se podía hablar con un consejero de esos del sindicato, pero he de reconocer que desde que entré en la ciudad no me fiaba mucho de los demás para mis cosas de dentro, y puede que antes de llegar tampoco. Nunca he sido de irle llorando a la gente con mis problemas, porque supongo que cada uno tiene bastante con lo suyo y que además a nadie le importa realmente lo que le pase a otro que no es él. La gente hace como que le importa mucho lo de los otros pero no me creo que sea verdad, ni aquí ni en ningún otro sitio. Tampoco creo que les importe a los curas, para ser sincero, ni me parece posible que Dios nos conozca a todos por el nombre. En fin, que cuando se trata de lo que un hombre lleva en el corazón o en la cabeza, no hay más que un hombre al que le importe, y por eso desde muy chico decidí no andar por ahí contándole mis cosas a nadie. Ahora que ni siquiera yo era capaz de reconocer mis propias dudas, ni si sentía de veras esto o lo otro, me había quedado más solo que la una y más callado que mi pequeño Julio, pues supongo que él al menos hablaría para sí con la voz clara de su alma, algo que yo sin darme ni cuenta había dejado de hacer. Como si fuéramos dos que caminábamos juntos sin hablarnos.

Fueron pasando los días sin más novedad, mi perenne alegría seguía pegada a mí como se pegan las cagarrutas de cabra a las botas de caza. Y por si esa desgracia fuera poca, el joven apuesto de la biblioteca hizo más frecuentes las visitas. Primero dos veces por semana, pero pronto casi todas las noches. Mostraba mucho interés, no sólo en ella sino también en el crío, con el que jugaba a no sé qué juegos matemáticos y leía libros. No mi libro, claro está, que mi atlas de animales lo escondía yo cada vez que llegaba este intruso. Yo no soy nada leído pero algo sé, y me parecía que el joven apuesto de la biblioteca le leía cosas tan complicadas que el crío no podía entenderlas. Julio en cambio se entusiasmaba y pintaba un sinfín de cosas con sus lapiceros que luego el apuesto joven miraba con asombro. Ella estaba contenta y yo, dado mi estado de perpetuo encantamiento, pues también; nada de lo que pasara en mi vida, por raro o incómodo que fuese, conseguía entristecerme. Se puede decir que hasta encontré cierta armonía en la presencia de ese muchacho que tantas atenciones nos daba, y que incluso me bebía su vino bien a gusto, pues solía traer una botella de tinto, y que a veces me iba a dormir el primero y hasta me agradaba conciliar el sueño oyéndole hablar de cosas muy sabias e importantes que a mí en cambio no me importaban nada.

Como digo, aquella rutina ni me disgustó en principio ni consiguió irritarme con el tiempo. Y hasta presumía en el trabajo de lo listo que era el joven bibliotecario que venía tanto por mi casa, y lo más curioso es que a ninguno de entre mis compañeros y compañeras de la planta de reciclado le pareció extraña mi situación ni nadie comentó nada con malicia, de modo que empecé a pensar que lo que me estaba pasando a mí, fuera lo que fuese este ataque de absurda alegría que te llevaba irremediablemente a aceptarlo todo con naturalidad, este bienestar impreciso y obligatorio que me había convertido en un mentecato, les había afectado también a ellos mucho antes.

No podía creer que en este nuevo mundo, en esta ciudad transparente, todo diera igual. Lo mismo un joven apuesto revoloteando alrededor de tu mujer, y en tu propia casa, que una votación del sindicato para reclamar más grasa para las bielas del tractor. Lo cierto es que los tractores chirriaban, pero aun así ¿no tenía esta buena gente nada mejor en lo que pensar? Había tan poca suspicacia en esta ciudad que al final era imposible no inquietarse, o al menos no tratar de inquietarse, porque inquietarse de verdad no era nada fácil por culpa de lo contento que te ponías aquí por todo e incluso sin motivo aparente. Según te ibas familiarizando con cada asunto, ya fuera el trabajo o lo que pasaba en casa, no podías oponer resistencia alguna, pues en cada detalle encontrabas a tu pesar mil motivos para la tranquilidad más profunda y todo funcionaba siempre a las mil maravillas. Y si había que pasarse el día trasladando mierda lo hacías encantado, y si había que soportar cada noche la visita de un joven apuesto que le tiraba los tejos a tu señora mientras mareaba a tu chiquillo, pues con patatas te lo comías y no pedías otra ración de milagro, y así iban pasando los días sin que se te ocurriese protestar por nada. La ciudad era perfecta y quejarse de lo perfecto es cosa de locos, y en ausencia de problemas mayores, y de ésos aquí no había, sólo la mala fe sería capaz de levantar la voz, y como la mala fe no la encontraba uno dentro de sí mismo ni aunque le diera la vuelta al forro de los bolsillos, no había más remedio que callar y tragar. Y yo callaba y tragaba, día tras día y noche tras noche, consciente eso sí de que traicionaba mi propia naturaleza, pero consciente también, que tonto no soy, de que mi naturaleza en esta ciudad estaba fuera de lugar y de que aun en el caso de que tuviese el arrojo de buscar mi vieja naturaleza para emplearla, como se utiliza una palanca para mover una roca, no sería capaz de dar con ella, y cuando digo con ella ya no sé si me refiero a la palanca, a mi naturaleza o a la roca, pues cuanto más tragaba más confuso se me hacía todo. Cómo es que un hombre pierde su propia naturaleza y con ella lo que da sentido a su pequeña inteligencia no sabría decirlo. Que se pierde según en qué circunstancias lo tengo por cierto.

Al volver a casa un día cualquiera después del trabajo sucedió por fin algo distinto, aunque me temo que no del todo sorprendente.

Allí estaba el apuesto muchacho. Pero esta vez a solas con ella, pues al parecer el niño tenía actividades extraescolares de las que aún no había regresado. Le pregunté a ella qué actividades eran ésas mientras, si no recuerdo mal, terminaba de abrocharse la blusa y de recogerse el pelo en un moño improvisado.

Ella me miró sin asomo de vergüenza, con cariño, mientras su amigo se ponía los pantalones en el dormitorio transparente. Esperé en silencio mientras el chico se vestía. Luego salió y me explicó cuidadosamente todas y cada una de las actividades extracurriculares de Julio.

Según me contó el bibliotecario, los rigurosos exámenes a los que habían sometido a nuestro querido Julio en el colegio no dejaban lugar a dudas y coincidían en diagnosticar que el crío era especial, y no un poco especial sino mucho, y en consecuencia el bueno de Julio había sido incluido en un programa de orientación, nutrición y guía para mentes excepcionales, destinado a salvaguardar e incentivar sus capacidades. Ni que decir tiene que eso me alegró mucho, pero aun así quise preguntarle qué tenía que ver eso con que estuviera beneficiándose a mi señora en mi propia casa. Digo que quise preguntárselo, no que lo hiciera, porque el buen hombre no dejaba de hablar maravillas de Julio y de darme datos científicos acerca de esos dichosos test que le habían hecho al niño y que, según él, yo no los entendía, demostraban a las claras que se trataba de un caso verdaderamente único y muy por encima de la media del niño especial habitual. Me estaba preguntando cuál sería esa media y cómo serían esos otros niños habitualmente especiales cuando el muchacho me sacó de dudas al confesarme que él mismo era un joven muy especial, aunque no tanto como nuestro niño, y que si a él se le tenía por un sujeto especial en grado alto, Julio le doblaba en lo que fuera que fuese tan especial. Lo cual me alegró mucho, porque al menos alguien en mi casa, aunque no fuera yo, doblaba a aquel adorable jovenzuelo en algo.

El joven, no obstante, corrigió mi primera impresión al advertirme que la manera en la que el niño era especial y la manera en la que él mismo lo era no tenían nada que ver en realidad, y que se trataba de dos excepcionalidades, por así decirlo, opuestas.

Con todo este lenguaje cifrado me fui haciendo un lío tremendo y me vi obligado a preguntar si el crío era en definitiva muy listo o muy tonto. El joven me recriminó con severidad, diciendo que ésa no era ni mucho menos la pregunta adecuada y que eran precisamente esa clase de preguntas las que hacían del mundo un lugar tan injusto para los seres especiales. Como yo no quería ser injusto con los seres especiales ni con los otros y no tenía más pregunta que ésa, me callé.

Luego ella me explicó que, dada la excepcionalidad de las condiciones de Julio, el comité de educación había decidido que el crío iba a necesitar no sólo un programa de formación a la medida y ajeno al del resto de los chavales de su edad, sino también un supervisor personal, un tutor al que debería mantener cerca como ayuda suplementaria durante los próximos años. Y he de decir que no me sorprendió nada saber a quién habían elegido para el desempeño de tan importante tarea. Ni más ni menos que a nuestro joven y capacitado amigo, que generosamente había pedido el traslado de la biblioteca pública para ocuparse él mismo, día y noche, y por lo que se veía a media tarde, del bienestar no sólo de Julio sino de todo nuestro entorno familiar.

Estaba yo tan feliz con las buenas nuevas que me faltó dar volteretas, y no pude sino meterme en el baño para tratar de apaciguar mi euforia y rebuscar en mi alma un poco de mi antigua naturaleza, pero fue inútil, no di con ella, y lo que mi señora y esa especie de supervisor activo de mi nueva vida familiar vieron a través de las paredes mientras trataba de llorar sin éxito fue lo mismo que vi yo, a mi pesar, en el espejo: el rostro de un hombre absurdamente satisfecho con su suerte.

Esa noche, cuando por fin regresó Julio de sus actividades extraescolares, celebramos las buenas noticias juntos, en familia, es decir, ella, yo, el crío y, claro está, el joven antes bibliotecario, ahora tutor, y luego nos fuimos todos, y cuando digo todos lo incluyo a él, a la cama.

Bueno, yo en realidad no. Yo a partir de esa noche pasé a dormir en el sofá.

Mientras ella y el joven y apuesto usurpador se metían en la que hasta ayer era mi cama, Julio y yo repasamos nuestro viejo atlas de animales, y al crío se le iluminaba la cara con los bichos más raros y se tronchaba con el ornitorrinco.

La verdad es que no sé exactamente cómo de especial era, pero a mí me parecía muy salado.

III

Los días siguientes pasaron sin pena ni gloria. El trabajo bien, sin sobresaltos, sin más conflictos ni accidentes. Mi supervisor me propuso para un ascenso que nunca parecía llegar. No me importaba. Los ascensos se votaban en el sindicato y allí siempre parecían votar a otro; en honor a la verdad he de decir que ni yo mismo me votaba para el ascenso porque no quería ascender. Estaba bien como estaba, me acostumbré a cumplir con lo mío sin rechistar y muy alegremente, como no podía ser de otra manera. Participé en un sinfín de votaciones más: para delegado de sector, para jefe de orden, para algo que no recuerdo relacionado con el servicio de limpieza. Cada dos o tres semanas se votaba por algo, se votaba tanto que al final perdía uno el interés. En la ciudad, por otro lado, todo funcionaba y estaba en lo esencial muy bien organizado y tampoco se me ocurría a mí cómo organizarlo mejor, y eso aumentaba el hastío a la hora de ir a votar.

El joven y apuesto tutor de Julio se adaptó muy suavemente a su vida con nosotros. Ella también.

Sólo una vez se me ocurrió preguntarle a ella si no me echaba de menos. Me dijo que no, porque al fin y al cabo me tenía muy cerca; me dijo también que esas cosas pasan en las parejas y que no hay que darles mayor importancia. Me dijo por último que yo había cambiado mucho, que ya no era ni la sombra del hombre que había sido. Le agradecí su franqueza.

Como me sobraba tiempo libre y después del trabajo no tenía mucho que hacer en casa, me apunté a un cursillo de desarrollo personal. Me enseñaron a expresarme con propiedad y a ordenar mis prioridades. El curso era gratis, como todo en esta maldita ciudad, pero se aprendía muchísimo y muy deprisa. Una vez que aprendí a ordenar mis prioridades me di cuenta de que no tenía prioridades que ordenar, pero mi profesora me dijo que no me preocupara, que el cursillo me serviría para ordenar cualquier otra cosa, el cajón de los calcetines, por ejemplo. Nada más cierto, mis cuatro cosas las tuve siempre desde entonces perfectamente ordenadas. Cuando me cansé de ordenar y de ver lo bien que quedaba todo ordenado, me apunté a un campeonato de ping-pong organizado por el sindicato. Se me daba la mar de bien. Subió mi autoestima. Mi entrenador me dijo que si me lo tomaba en serio podían incluso proponerme para el campeonato nacional sénior del sindicato de transportadores de excrementos. Le pregunté dónde se jugaba ese campeonato y me dijo que por toda la nación. La idea me sonó de maravilla porque aún no sabía muy bien qué nación era ésta, o cómo había quedado esa otra de ahí fuera, y así tendría la oportunidad de verla un poco. Me hacía ilusión ver el campo, o lo que quedase de él, y tal vez, puestos a soñar, visitar la vieja comarca. Me puse a entrenar como un poseso, y uno tras otro, les gané en buena lid a todos mis compañeros y, como es lógico, caí en desgracia. En el comedor casi nadie me hablaba, y es que hay gente que no sabe perder. Con el tiempo empecé a dejarme ganar un poco para ver si se olvidaban de hacerme el vacío, pero ya era tarde, porque hay gente que además de no saber perder es muy rencorosa. El caso es que lo del ping-pong tampoco me trajo nada bueno y me dio rabia, porque creo que tenía un don natural. De tanto dejarme ganar fui cayendo en las clasificaciones, sin que eso me devolviera la simpatía de mis pares. Me quedó claro que la inquina que me trajo la victoria no me la iba a borrar la humillación. El campeonato nacional del sindicato se celebró sin mí y lo ganó otro. Aun así seguí jugando todas las tardes porque, ganase o me dejase ganar, me distraía horrores.

No fui el único en la familia que hizo extraordinarios progresos durante ese tiempo, aunque en mi caso no me llevaran muy lejos. Julio entró en la escuela especial y deslumbró a todos sus profesores. Le dieron tantos diplomas que ya no sabíamos dónde ponerlos. Crecía sano, fuerte y feliz. Conmigo continuaba siendo muy cariñoso, y aunque pasaba la mayor parte del tiempo en las clases o con el joven tutor que vivía en casa y dormía con ella, aún sabía que yo era su padre. Al menos, lo más parecido a un padre que tenía. A veces venía a verme a los partidos de ping-pong y aplaudía a rabiar aunque me dejase ganar, quizá porque eso no lo sabía.

Estábamos orgullosos el uno del otro.

Mi tremenda alegría cada vez me fue resultando más natural pese a no serlo, y creo que poco a poco fui cediendo, o al menos ya no me extrañaba tanto el hecho de ser incapaz de irritarme.

Estaba empezando a cansarme, supongo, como los perros viejos, y a aceptar que las cosas son como son, y así van a seguir siendo, hasta que algo, o alguien, las cambie. Y yo, a qué negarlo, no me tenía por ese alguien. De igual manera que los perros viejos se tumban y aceptan su condición, así me tumbaba yo, semidormido, y acataba las órdenes invisibles de mi suerte.

Una vez que se admite que Dios no lo ha elegido a uno para nada extraordinario, se empieza a vivir de veras como se tiene que vivir, con los pies y las manos dentro de un círculo marcado en la arena, sin pisar más allá de lo que te toca ni querer coger lo que no es tuyo.

Mi alegría injustificada y yo, como digo, nos fuimos aceptando, de manera que ya apenas me daba cuenta de que estaba siempre demasiado contento.

Por las noches dormía tranquilo. Me acostaba en el sofá, frente a la cama de Julio, y nos mirábamos antes de ponernos nuestros antifaces y caer rendidos. Yo le daba las buenas noches, él sonreía y no decía nada. Seguía sin hablar, pero los médicos nos aseguraron que no le pasaba nada malo en la garganta, que simplemente prefería estar callado. A mí se me hacía raro que alguien simplemente prefiriera no hablar nunca, pero yo no soy médico y al crío se le veía bien. Ella en cambio no parecía muy feliz, supongo que hacía lo que hacía y dormía con el joven tutor porque pensaba que era lo mejor para Julio. Tampoco hablábamos mucho, ella y yo, pues estaba casi siempre con el apuesto joven, que ya no me parecía ni tan joven ni tan apuesto y que por cierto había empezado a perder pelo.

Yo por mi parte tuve alguna que otra aventura, en realidad sólo dos, con sendas muchachas del servicio de desahogo, lo que antes se llamaban putas, pero aquí no y con toda justicia, ya que no cobraban por el apaño y eran muy cariñosas y educadas. Si no las frecuenté más fue porque no me acostumbraba a follar a la vista de todos en uno de esos burdeles transparentes, y porque además le pasaban a ella un reporte cada vez. Por alguna razón que se me escapa, en la ciudad transparente hay que dar un parte de cada cosa que se hace a pesar de que en cualquier caso se ve todo a las claras y no hay donde esconderse.

También tuve un coqueteo con una compañera de la planta pero el asunto no pasó a mayores, nos toqueteamos un poco en las duchas y ya está. Yo es que en las duchas no me concentro porque te mira la gente y pierdo el impulso. Hay a quien no le importa, y de hecho raro es el día en el que no se lo montan de cine un par de compañeros, pero como digo yo no me acostumbro. Supongo que es porque estoy chapado a la antigua y soy más de hacerlo con la luz apagada, cosa que, claro está, aquí es imposible.

Y eso es algo que en la ciudad transparente existe como en ningún otro lugar que yo haya conocido, la claridad. Y de la claridad se puede tener buena o mala opinión, pero es evidente que cuando es tan excesiva y se convierte en la única condición, engulle todos los secretos, todos los misterios y todos los deseos. Y de tanto verlo todo ya no quiere uno prestarle atención a nada. Recuerdo que en el campo, durante la siega, buscaba uno la sombra sin siquiera pensar en ello y sólo porque era natural. Y de esa naturaleza, que tenía esquinas y sombras, podrían aprender un poco, me parece a mí, los arquitectos que han construido esta ciudad de cristal, tan llena siempre de luz y tan clara y tan perfecta.

En nuestras tierras a veces abrasaba el sol y no se podía estar ni dentro ni fuera de casa. Abríamos las ventanas por la noche y tomábamos limonada, pero nada detenía nuestro sudor ni calmaba nuestro sofoco, y al girar de las estaciones vivíamos otra vida muy distinta, un mundo naturalmente posicionado a la inversa. Durante los duros inviernos nos refugiábamos bajo las mantas, cenábamos cerca de la estufa, nos envolvíamos las manos en trapos para evitar los sabañones. En el campo uno aprende a conocer los límites de las cosas, de la fuerza y del carácter de las personas, y es la tierra la que manda.

En esta otra vida no parecía mandar nadie. En la vida que yo consideraba mía por costumbre no parecía haber nada que rigiera el comportamiento, y aun así uno se comportaba y obedecía, aunque no supiera a ciencia cierta a qué obedecía. Puede que al rojo de los troncos en la hoguera, o a las chinches que se escondían en los colchones de lana, o a la mugre entre las uñas. Al frío y al calor. Y al obedecer a la naturaleza, digo yo que lo propio se ordena o encuentra al menos un orden. A lo rojo y a lo negro y a lo blanco se obedece más y mejor que a todas estas transparencias. A lo que es real y tapa lo otro se responde, pues algo se cubre y algo se muestra, y de ahí que verlo todo tan claro le apague a uno el ánimo. Nadie quiere ir a cazar y descubrir que los animales, en contra de su razón de ser y de su instinto, ya no se esconden. Y por la misma, imagino que nadie quiere estar siempre al descubierto si intuye que es la pieza. En fin, que esta vida sin tormentas ni tormentos yo no la entendía ni quería entenderla.

Por lo demás, lo cierto es que en la ciudad transparente nunca nos faltaba de nada y que en navidades nos dejaban incluso hacernos regalos. Uno por persona, sacados de una lista de cosas útiles que nos proporcionaban previamente. Cortaúñas, salvamanteles, pequeñas peanas para los huevos pasados por agua, linimento para los dolores musculares (tenía dolores a veces por culpa del ping-pong), cosas así. No había más que marcar una casilla con una cruz para que la persona elegida recibiera el regalo escogido, así que tampoco era nada del otro mundo ni entretenía mucho, pero eran regalos al fin y al cabo y animaban las navidades. Yo me hice con linimento suficiente para dos vidas, y eso que sólo tenía una pequeña lesión en el codo, pero así funcionaba todo en la ciudad transparente: de lo que no querías te daban mucho, y de lo que de veras te hacía falta, nada de nada.

No había más fiestas que las navidades y el día de la victoria. El día de la victoria conmemoraba en realidad el día de la derrota de todos los que vivíamos allí dentro, pero nadie, ni yo mismo, parecía recordarlo. Ponían mesas largas en la calle y regalaban salchichas y cerveza, era lo más parecido a una fiesta popular que teníamos y lo cierto es que todo el mundo, incluido yo, lo pasaba bomba, o al menos se nos veía a todos muy alegres. Si me preguntan a mí, debería haberse llamado el día de la evacuación o el día del traslado definitivo, o el día de se acabó la vida que llevabas antes, pero nadie me preguntaba, así que me guardaba mis opiniones.

Amistades hicimos pocas, al menos yo, porque ella y el petimetre ese del tutor tenían a veces reuniones de lectura en las que al parecer charlaban de libros con otros eruditos como ellos. A mí no me invitaban, pero si lo hubieran hecho, tampoco habría querido ir. Los libros, si no tienen dibujos de animales o naturaleza, la verdad es que nunca me gustaron tanto, y no entiendo que se le dé tanta importancia a lo que es todo inventado y tan poca a lo que es de verdad. Me da que la gente sin coraje disfruta mucho de la fantasía y que los hombres como Dios manda preferimos lo que se toca con las manos, pero allá ellos.

Con los compañeros ya digo que según fui destacando en el ping-pong peor me fueron tratando, y mi entrenador, que al principio me tenía en alta estima, empezó a darme la espalda cuando se me ocurrió dejarme ganar. Así que al final me quedé bastante solo, entre los reproches de los unos y los otros. Para distraerme iba al cine de cuando en cuando pero las películas eran muy antiguas y casi siempre musicales, lo cual me pone un poco nervioso porque tampoco comprendo que la gente viva bailando y cantando cuando lo normal es andar y hablar. Alguna vez traté de comentar algo al respecto pero siempre había algún espectador en la sala que me mandaba callar, cosa que entiendo. Si alguien está disfrutando de la película es muy molesto que otro se la chafe, y al fin y al cabo no era culpa de nadie que a mí los musicales me aburrieran.

Lo del cine, en suma, no era más que una forma de perder el tiempo y de estar fuera de casa pues, aunque nadie lo decía, tenía yo la sensación de estar allí de sobra, por más que eso ni me disgustase ni me diera pena ni me importase en realidad un bledo. Con el crío sí que estaba a gusto, y él parecía que también lo estaba conmigo, pero entre que él era mudo y que yo tampoco tengo mucha conversación no puede decirse que nos contásemos gran cosa. Nos reíamos mucho, eso sí, pero no sé bien de qué. Nos hacíamos compañía, como un niño y un perro, que pueden ser los mejores amigos sin hablar de nada. Lo demás apenas me interesaba.

Creo que, sin ser consciente de ello, había ido perdiendo el gusto y el interés por casi todo. La política no podía importarme menos, ni la local ni la exterior, y ni siquiera en la planta conseguía interesarme demasiado por los tejemanejes del sindicato, porque a pesar de pedirnos opinión y voto para cada pequeño asunto, parecían organizarlo todo a la perfección sin mi ayuda y no tenía yo la capacidad ni la inteligencia ni desde luego las ganas de tratar de enmendarle la plana a nadie.

A veces daba grandes paseos pero sin ir muy lejos, caminando en círculos entre la gente, mirando las vidas de los demás a través de las paredes sin encontrarlas muy distintas de la mía, sin envidiar a nadie ni albergar rencor alguno hacia mis semejantes. Sólo en raras ocasiones, al ver a una pareja especialmente afectuosa o apasionada, echaba de menos algo de lo que ella y yo compartíamos antes de que nos sacaran de nuestras tierras. También recuerdo que al escuchar a un hombre gritar en la calle durante uno de mis paseos deseé por un segundo ser ese hombre, aunque fuese evidente que estaba enajenado. El pobre iba gritando calle abajo sin que nadie pareciera prestarle atención, todo enfurruñado, y supongo que fue su ira lo que deseé encontrar en mí, lo que de pronto eché de menos.

Pasó un largo tiempo, sin darme casi ni cuenta, y hubiese pasado mucho más sin tener gran cosa que contar si no fuera porque una tarde, no sé bien por qué, decidí saltarme el ping-pong y, en lugar de acudir al centro deportivo para mi entrenamiento diario, como todas las tardes, me encontré caminando hacia la vieja taberna. No había tomado una cerveza en años, ni lo había echado de menos, pero ese día me volvió la sed. Dicen que se puede sacar a un hombre de su comarca fácilmente, pero que es mucho más difícil sacar la comarca del interior de un hombre. Puede que tengan razón.

Di un par de vueltas antes de encontrar la taberna, en esta ciudad es todo tan parecido que se olvida uno enseguida de cualquier camino, pero al girar por una de esas calles idénticas me di de bruces con ella. Allí estaba, tan transparente y animada como siempre. Me hice un sitio en la barra y me pedí una jarra bien fría. Estaba disfrutando del primer sorbo, no hay nada en este o en otro mundo como ese primer sorbo de cerveza helada, cuando me tocaron en el hombro, me volví y ¿quién estaba allí? Mi viejo y único amigo, el exagente de zona. ¡La de abrazos que nos dimos! Ni que decir tiene que se sentó a mi lado, se pidió otra cerveza y nos pusimos a charlar como viejos camaradas, aun sin serlo. Ni su vida ni la mía habían dado para mucho en este tiempo, pero no importó. La forzada complicidad de los paisanos animaba la conversación. Se alegró enormemente de todas las cosas buenas que me habían sucedido, de lo del ping-pong y de lo del crío especial

168

que no paraba de recibir diplomas como premio a su singularidad. Él no tenía hijos y es frecuente que quienes no los tienen imaginen cualidades mágicas en ellos, como si no fuesen a crecer hasta ser como nosotros, y por eso no paraba de repetir que los niños son un tesoro y una suerte y un regalo del Señor y la sal de la vida. Al preguntarle por sus cosas me di cuenta de lo poco que sabía de él. Para empezar, ni siquiera sabía a qué se dedicaba antes de ser agente de zona en la guerra, ni por supuesto a qué se dedicaba ahora. Me dijo que antes de la guerra había sido técnico de reguladores en una fundición, pero que eso aquí no le había servido de mucho porque en la ciudad transparente no había industria pesada, así que el primer año le habían colocado en limpieza de cristales, que de eso sí que hay mucho, y que después del primer año le habían dado un puesto de responsabilidad en el campo de acogida a modo de recompensa por su buen servicio como agente durante la evacuación de la comarca. No tenía ni idea de que el campo de acogida siguiera en funcionamiento, pensaba que hacía tiempo que ya nos habían acogido a todos, pero él me dijo que al contrario, que casi cada día llegaban al menos uno o dos rezagados. Llamaban rezagados a los pocos que de una manera u otra habían escapado a la evacuación. Unas veces eran ancianos que habían pasado por alto las órdenes, y otras muchas, restos del ejército vencido. Soldados que se habían refugiado en las montañas o en las cuevas del desierto para no entregar las armas. No se trataba de una resistencia organizada, sino más bien de pequeños grupos en rebeldía que poco a poco iban cayendo. En ocasiones era gente sin arma ninguna y sin mala intención, que simplemente prefería no vivir en la ciudad transparente. De pronto me acordé de mis hijos, Augusto y Pablo, y me extrañó no haberlo hecho antes o más a menudo o siempre, y quise saber si era posible que hubiesen pasado por allí. Me dijo que desde que estaba él habían recibido a más de doscientos rezagados y que así por el nombre le era imposible saberlo, y que además era información confidencial. Le pregunté si no podía un padre reclamar a sus hijos y me dijo que no era corriente pero que podría indagar, aunque no me dio muchas esperanzas. Lo dejamos ahí y quedamos en volver a vernos, le recordé que aún me debía una visita a casa, que le había invitado un domingo a cenar hacía mucho tiempo y que nunca vino. Se excusó diciendo que era muy distraído, pero luego me confesó que al poco de verme se había encontrado con cierta señorita muy mona y que se le borró de la cabeza. Le pregunté entonces por la señorita en cuestión y me dijo que aquello no funcionó, y que se había largado con otro. Confesión por confesión, yo le comenté que mi vida amorosa tampoco pasaba por su mejor momento y le conté lo del imbécil que vivía en mi casa y se acostaba con mi mujer.

Me dijo que eso allí era muy normal y me recordó el chiste del caballo ese que era abogado y el pobre hombre que se lo encuentra en la cama con su señora al volver del trabajo. No me acordaba del final del chiste, pero como él se puso a mondarse de risa al recordarlo para sus adentros, yo me reí para acompañarle, y así empezamos a reírnos los dos muchísimo sin saber por qué, y cuanto más nos reíamos más cerveza pedíamos y viceversa. Total, que cuando salimos a la calle ya íbamos bastante cargados y nos despedimos con un abrazo y quedamos en repetir al día siguiente a la misma hora. A todo esto, me quedé sin saber el final del chiste.

Como en mis días no pasaba gran cosa, a la mañana siguiente, en el trabajo, me costó concentrarme pensando en la ilusión que me hacía regresar a la taberna con mi amigo y pensando también que tal vez tuviese alguna información acerca del paradero de mis hijos. No es que nadie pudiese notarme nada, el trabajo ya lo hacía literalmente con los ojos cerrados, pero yo sí que me sentía distinto. No contento, que eso, por desgracia, era habitual, sino interesado al fin por algo, lo cual era muy extraño. Para hacer las cosas bien esta vez, al acabar la jornada pasé primero por el centro deportivo y alegué una lesión que no tenía, y el entrenador, al que creo que esto del ping-pong le daba un poco igual, me dejó ir sin hacer demasiadas preguntas. Luego me fui a la taberna y me senté a esperar con mi cerveza. Y esperé y esperé, pero el exagente no apareció. Me pregunté si podía ser que cada vez que quedaba en firme con aquel paisano se olvidase o se enredase en una relación amorosa. No me pareció probable. Me pregunté entonces si el exagente de zona no me evitaría deliberadamente, pero eso no me encajaba con el entusiasmo que había mostrado en cada uno de nuestros dos únicos encuentros. Cuando llegó la hora de que me echaran de menos en casa, me fui. No es que me inquietase demasiado lo que ella pudiera reprocharme, al fin y al cabo se acostaba delante de mis narices con otro hombre, pero no soportaba la idea de tener que darle explicaciones al dichoso tutor. Desde que se instaló en casa, ponía mucho empeño en protegernos a todos y en actuar como si fuese el responsable último de nuestras vidas. Lo cierto es que yo no conseguía entender qué veía ella en ese individuo, más allá de su aún evidente belleza y su deslumbrante inteligencia.

Me dormí preocupado aquella noche, pensando en Augusto y en Pablo más de lo que había pensado en ellos en los últimos años, y me reproché no haberlo hecho más a menudo y también no haber hecho nada antes por encontrarlos. Me extrañé de pronto de que ella, siendo su madre, no me hubiese incitado a ello, que no se hubiese preocupado ella misma en buscar noticias de sus hijos. No entendí que no hubiésemos hablado de nuestros propios hijos en todo este tiempo, ni cómo habíamos sido capaces de olvidarlos tan, al menos en mi caso, alegremente. No comprendí tampoco por qué estaba siempre tan contento con todo y por qué no conseguía quejarme nunca de nada. Hacía ya mucho tiempo que quería preocuparme por eso, pero no lo conseguía. Llegué a la conclusión de que algo raro habían hecho en esta ciudad transparente conmigo y con mis ideas, y deduje que, dado que nadie me había obligado a pensar de esta u otra manera, todo tenía que ver con el agua, pues nada más llegar nos obligaron a una de esas cristalizaciones para evitar no sé qué bacterias, y a partir de ahí ya no había vuelto a ser yo mismo, y cada vez que pasaba por la ducha salía menos preocupado y más feliz.

Esa misma noche decidí dejar de ducharme.

Como no quería que todos vieran cómo no me duchaba, decidí con buen criterio no cambiar el despertador, al fin y al cabo no lo necesitaba. Bastaba con que me concentrase mucho, antes de dormir, en despertarme media hora antes. Cuando cuidaba de la tierra y cazaba y tenía una vida de verdad nunca recurrí al despertador, ni necesité siquiera del amanecer o del canto del gallo para ponerme en pie. Me bastaba con decidirlo. Tampoco me duchaba a diario antes o durante la guerra, y menos aún dos veces al día como aquí o incluso tres, que también había que ducharse después del ping-pong, y nunca me pasó nada. Y eso que el agua de entonces, ya fuera de lluvia recogida en el pozo o comprada al dueño del agua en sus camiones cisterna, era muy distinta a esta agua de aquí y no cristalizaba por fuera y por dentro hasta las entrañas, ni robaba el olor ni cambiaba el carácter.

Mi truco mental funcionó tan bien como antaño, y conseguí meterme en la ducha sin que nadie me viera, y antes de que mi vecino se metiera en el baño de al lado como todas las mañanas me unté bien de linimento y vaselina mientras dejaba correr el agua, evitando mojarme. Luego me vestí y esperé sentado a que se levantaran los demás para desayunar. Se sorprendieron al verme ya despierto, pero tampoco era como si hubiese matado a nadie, cada uno madruga lo que quiere, así que supongo que no le dieron importancia.

En el trabajo, en cambio, la cosa se complicó. Cuando terminamos la jornada traté de no pasar por las duchas comunes, pero me di de bruces con el supervisor. Le dije que no me encontraba bien y que tal vez estaba cayendo enfermo, y él me dijo que en cuanto me duchara me llevaría a ver al médico. Le dije que prefería irme a casa a ver si se me pasaba, y él me dijo que muy bien, que en cuanto me duchara podía irme a casa. Le dije entonces que por un día prefería ducharme al llegar a casa, y él me dijo que perfecto, que en cuanto me duchara podía ir a ducharme a casa. Como aquella conversación no tenía mucho sentido, me duché.

Mientras lo hacía, el supervisor me miraba a través de las paredes de cristal.

Esa noche dormí de maravilla, sin rastro alguno de preocupación, sin pensar en mis hijos ni en nada. Aun así, al día siguiente volví a intentarlo.

Como ya digo, escapar de la ducha en casa no era difícil, de modo que tuve que aplicarme en encontrar también la forma de evitarlo en el trabajo. Lo único que se me ocurrió fue ponerme una espesa película de linimento sobre el cuerpo desnudo, de manera que el agua no penetrase en los poros con tanta facilidad y no hiciese eso que el agua venía haciendo conmigo.

Después del trabajo aparqué mi gusanito de excrementos y me fui a la ducha como si nada. Para no despertar las sospechas del supervisor, una vez allí traté de pasar bajo el agua el menor tiempo posible y de fingir que me mojaba más de lo que lo hacía, dejando fuera la cabeza y hablando sin parar con los compañeros para disimular lo mejor que podía mis verdaderas y siniestras intenciones. Por supuesto que no bebí agua corriente en todo el día, pues de nada servía evitar la ducha si luego me dejaba cristalizar por dentro, así que cuando llegué por fin a la taberna me entregué a mi primera cerveza muerto de sed y a la segunda muerto de miedo ante la posibilidad de perder el poco camino andado. Es de suponer que la cerveza también estaría hecha con la misma agua, pero algo tenía que beber si no quería morirme, y si algo tenía que beber mejor que fuera cerveza fría.

A pesar del agua que había tragado con mis dos o tres, o puede que cuatro cervezas, por la noche pude comprobar los primeros resultados de mi diabólico plan. En lugar de dormirme totalmente contento, me dormí sólo medio contento y conseguí recordar a mis hijos y echarlos un poco de menos. Me alegré de no estar tan alegre, y pensé que si repetía la operación a diario tal vez conseguiría finalmente no estar nada contento e, incluso, en el mejor de los futuros, cabrearme por fin de veras. Me dormí abrazado a mi creciente insatisfacción, si bien es cierto que no descarté la posibilidad de estar volviéndome loco.

El día siguiente se ajustó como una tuerca a su tornillo a mi nueva rutina, linimento, mentiras, duchas a medias y mucha cerveza. Ni rastro del exagente de zona en la taberna. La noche aún mejor que la anterior, en cualquier caso. Durante la cena sentí ganas de estrangular al joven tutor, no unas ganas irrefrenables, aún era pronto para eso, pero digamos que la idea me rondó la cabeza.

La sonrisa de Julio, antes de dormir, me consoló por todas mis desgracias. Bajo mi antifaz, feroces pesadillas, bienvenidas sean. Así toda la semana, hasta el viernes. El viernes decidí por mi cuenta y riesgo no ir a trabajar. Era la primera vez que lo hacía sin estar enfermo, sin tener en la mano una baja firmada. Pensé que tal vez me detendrían por las calles, que la llamarían a ella, que saldrían en mi busca, que movilizarían a la policía secreta, de la otra no había, pero para mi sorpresa no sucedió nada de eso. Me paré delante de la planta de reciclado y destilación de residuos corporales y, tras unos segundos de duda, pasé de largo y empecé a caminar. Me di cuenta, según andaba, de que nunca había caminado por la ciudad sin tener realmente adónde ir, y me di cuenta también de que no conocía la ciudad. Conocía, claro está, mi sector, la planta, la taberna, el centro deportivo, los edificios idénticos y transparentes que rodeaban cada uno de mis lugares habituales y los sitios que ella o su amante escogían para nuestros pocos momentos de ocio, el cine de mi sector, en el que sólo proyectaban musicales antiguos de mucho antes de la guerra, el parque de mi sector, la biblioteca pública de mi sector, pero realmente no me había aventurado nunca fuera de mi sector. En los años que llevaba allí dentro no se me había ocurrido nunca andar, sin más, hasta verlo todo. Caminar hasta el límite mismo, si es que lo tiene, de esta extraña ciudad cristalizada.

Esa mañana, que era una mañana cualquiera para todos los demás pero una distinta para mí porque así lo había decidido, me puse a ello. Y sin meditarlo mucho.

Supongo que algo tenía que ver el agua de las duchas en eso también, una vez que te sentías bien cristalizado se te quitaban las ganas de hacer las cosas porque sí, a capricho. De hecho, no era capaz de recordar cuándo había sido la última vez que se me había ocurrido algo por mi cuenta, más allá de mis pocos escarceos en la taberna, aunque eso, me temo, no era como para sacar pecho. Los hombres, aquí y en cualquier otro lugar del mundo, suelen buscar el consuelo de la cerveza al finalizar cada jornada y eso no los convierte precisamente en hombres libres. En fin, que me di un largo paseo por la ciudad aquella preciosa e idéntica mañana de viernes sin tener una explicación que justificase en modo alguno mi conducta. Sentí como si estuviese girando un pesado buque en mitad de una larga travesía, ignorando la ruta marcada.

Qué gran ciudad, qué resplandeciente, qué igual, qué aburrida. Mi paseo no pudo resultar más contrario a mis expectativas. Sector tras sector no era sino una repetición de lo mismo, calle tras calle, almacén tras almacén, taberna tras taberna, cine tras cine, todos con los mismos viejísimos musicales que ya había visto cien veces. Tomases la dirección que tomases llegabas a alguno de sus límites, desde los cuales se veía, a través de las paredes de la cúpula transparente, el resto del mundo, cercano pero imposible, y así podía uno andar durante horas sin descubrir nada distinto a la propia ciudad y sus límites. Fui de aquí para allá, sin ver nada que me sorprendiera, hasta que por accidente, era muy difícil orientarse entre sectores repetidos, me encontré frente a la entrada principal, aquella por la que llegamos nosotros después de abandonar lo nuestro. Junto a ella, tal y como lo recordaba, estaba el campo de acogida. A través de la gran carpa transparente vi a otros infelices que, como nosotros hacía ya mucho tiempo, empezaban su vida en este nuevo mundo sin la menor sospecha de lo que les esperaba, felices de estar vivos y tristes por estar tan lejos de casa, y vi también a los responsables del campo, tan correctos y fríos como antaño, y dos muertos colgados de un poste junto al puesto de control. Dos muertos que no conocía, dos más de los muchos que no llegaban a poner un pie bajo la cúpula de cristal, condenados sin duda por sus crímenes durante la guerra, por sus traiciones, por su apego a la vieja tierra o por su desconfianza hacia esta vida transparente.

No pude por menos que acercarme y al hacerlo, como si estuviera esperándome, salió a mi encuentro mi viejo amigo el exagente de zona. Lo primero, claro está, un fuerte abrazo, y cómo tú por aquí y toda la cháchara de la falsa amistad, aunque yo, a qué negarlo, era ya, a esas alturas, presa por fin de la más profunda desconfianza, mi trabajo me había costado, y tal vez por eso me permití decir la verdad.

Cuando me preguntó adónde me dirigía le contesté que iba a ver a mis hijos, cuando me dijo que no estaban allí le contesté que no le creía, cuando llamó a los guardias les dije que tendrían que matarme para detenerme, cuando por fin levantaron los puños me detuve.

Uno a veces dice esas cosas, «Tendréis que matarme para conseguir detenerme», por darse coraje y sin pensarlas realmente, y para cuando uno las piensa un poco ya es tarde.

¡Ríndase!, me dijeron todos esos hombres juntos, y he de reconocer que en cuanto vi sus puños me faltó el valor y me rendí. Me arrodillé y bajé los brazos, y fue entonces cuando cayeron sobre mí.

Dos golpes me tumbaron del todo, porque ya andaba de rodillas, dos golpes que se me clavaron en las costillas como dos flechas ardiendo. Contra los golpes no hay linimento que te proteja. Recé mal y muy deprisa lo poco que aún recordaba de una oración de mi infancia y me di por muerto. ¡Estoy muerto!, pensé, pero como vi que seguía y seguía pensándolo fui capaz de darme cuenta de que muerto no estaba. Agonizaba, o eso me pareció, y recuerdo que el exagente de zona, tan piadoso como era, trató de animarme en lo que yo creí mi último suspiro contándome una vez más el dichoso chiste del caballo que es abogado y que se tira a la mujer de un pobre hombre, pero esta vez me desvanecí antes de poder escuchar el final. No me desvanecí como imagino que lo hacen los muertos, porque en mi cabeza giraban imágenes y canciones, paisajes conocidos y toda clase de animales de mil colores como los que veía siempre en el atlas de Julio. No sé si los muertos de verdad siguen soñando, pero no lo creo. Así que en mi sueño, y gracias a mi sueño, tuve la certeza de no estar muerto.

Dicen que después del tumulto dormí durante más de dos meses.

Es posible, no lo sé. Resulta muy difícil precisar el tiempo que transcurre mientras se duerme, pero a mí no me pareció tanto. De hecho, tan sólo recuerdo un sueño, eso sí, un sueño muy largo.

En mi sueño estaba de nuevo enterrando mis dos escopetas y marcando cuidadosamente el lugar con una piedra, y después estaba con el niño Julio empapando la vieja casa con la gasolina de los bidones, y la veíamos arder hasta sus cimientos y después nos llevaban en autobús, y un caza-bombardero atacaba el convoy y destruía el autobús que iba justo detrás y mataba a todo el mundo o eso parecía porque apenas nos atrevíamos a mirar, y al poco el nuestro pinchaba y nos refugiábamos en un hotel con los dueños del agua y nos abandonaban robándonos la cantimplora y llegábamos a la ciudad de cristal y, en fin, la cosa seguía eterna y exactamente igual a como la he contado hasta que, junto al campo de acogida, donde iba yo con la sana intención de preguntar por mis hijos, me aporreaban los guardias y creía morir pero no moría y en coma o entre sueños contaba toda esta historia. Es decir que en mi sueño, en ese sueño, no sucedía nada sino que yo contaba lo que ya había sucedido. Pero ¿a quién? A Julio. Y el niño Julio, que ya era casi un hombre, se sentaba a mi lado y me escuchaba sin decir nada, pero podía ver en sus ojos que lo comprendía todo.

Cuando desperté, la habitación del hospital estaba vacía. Sólo unas flores en un jarrón de cristal junto a la cama, iluminado por la luz de mediodía. Por un segundo pensé que todo había sido una pesadilla en la que contaba precisamente mi pesadilla, hasta que me acerqué a las flores y me di cuenta de que no olían a nada, hasta que comprobé que la luz era la misma luz amarilla y constante de la ciudad de cristal, hasta que vi las habitaciones de al lado a través de las paredes transparentes, y las de abajo a través del suelo transparente, y las de arriba por el techo transparente. Me llevé las manos a las vendas que cubrían mis costillas, rotas seguramente, y sentí el dolor de los golpes. Al menos eso era real. ¡Menuda gentuza! Mira que golpearme con tal brutalidad cuando ya me había rendido. A quién se le ocurre. Sólo quería saber algo de mis hijos y saber algo también, supongo, de esta maldita ciudad. No es tanto pedir. De mis hijos no averigüé nada, pero saqué en claro, de una vez por todas, cómo se las gasta esta gente. Ya estoy avisado. Siempre es igual, todo son buenas palabras hasta que uno quiere hacer algo por sí mismo y entonces aparecen los problemas. Este lugar es un infierno, y sin embargo nadie parece darse cuenta. ¿Por qué yo sí? ¿Soy una especie de enfermo, he perdido la paciencia, tanto apego les tenía a mis cosas que no consigo olvidarlas? ¿Por qué me sofoca ver a todo el mundo alrededor, no dejar de verlos nunca, ni en mi propia casa, ni aquí en la habitación del hospital, por qué me irrita su presencia a través del cristal? ¿Por qué soporto tan mal que no haya nunca oscuridad, ni un lugar donde esconderse? ¿Soy un traidor a la causa general? Y si es así, ¿por qué no me cuelgan boca abajo de una vez como a los dueños del agua? ¿Por qué herirme y no matarme? Mientras me hacía estas preguntas, caí en la cuenta de que la respuesta que buscaba era otra. ¿Cómo es que lo soportan los demás? ¿Es suficiente con que te pongan la comida en el plato para soportarlo todo? Cierto es que no había visto a nadie aquí pasar hambre, y que había un médico dispuesto a curar cada uno de nuestros males, y que no había jefes, ni imposiciones, ni mando, y que por culpa del agua, o de lo que fuera, se sentía uno protegido y feliz incluso a su pesar, pero ¿basta con eso para vivir? ¿Por qué echaba de menos la sangre de los animales abatidos por mis disparos en el bosque? ¿Por qué buscaba yo mismo sin saberlo este castigo y no paré hasta encontrarlo, y ahora tocaba la superficie dolorida de mis heridas bajo las vendas con el entusiasmo de quien acaricia un tesoro? ¿Qué clase de loco soy que cuando pienso en ellos, en todos ellos a mi alrededor, no siento sino el más profundo desprecio? ¿Cómo es que no me desprecio yo de igual manera? ¿De dónde viene este extraño cariño que me tengo si no soy ni distinto ni mejor que el resto de mis absurdos conciudadanos?

Los días de antaño tampoco eran gran cosa, ni vivía la mejor de las vidas, pero entonces ni siquiera la guerra o el miedo me envenenaban como este bienestar permanente. Y a ella la quería entonces sin tener que pensar en ella, y ahora, desde que llegamos aquí, en realidad, la considero en cambio un enemigo, o una extraña. No es que piense en ella de otra manera, es que ella frente a mí es distinta. Si no puedo culparla es porque no sé a ciencia cierta si confiar en la verdad de mis ojos o en la verdad que sin duda existe al otro lado, y porque mis ojos, de tanto verlo todo sin extrañarse, no desconfían ya de nada. Nada hay en ella que justifique mi traición o la traición que sin duda cometo al permitir que se aleje sin ofrecer resistencia, sin censurar ni impedir, sin rechistar.

Tampoco mi trabajo de sol a sol en las tierras me asqueaba como este de ahora, sin ser muy diferente, algo que hacer y poco más, y la gente, la gente del pueblo por la que no sentía ningún afecto, no llegaba a repugnarme como la gente de esta ciudad, y no desconfiaba del agua, ni se me pasó jamás por la cabeza que estuviera pudriéndome

186

por dentro y hasta pagaba por ella cuando esca-
seaban las lluvias sin quejarme de su precio, y así
pagaba todo, por encima de su precio, sin protestar, y aceptaba las bombas y la sombra de la muerte sobre mi propia familia sin soñar por un segundo en rebelarme. Ni le tuve nunca apego a mi país,
ni fui un patriota, ni odié tampoco a los países
enemigos, por poco o nada que me preocupase
la suerte que corrieran. En fin, que allí en mi otra
vida ni era nadie, ni me interesaba mucho la desgracia ajena, ni me sentía parte de nada más allá
del bosque y las tierras y mi propia casa y mi propia gente. Sólo ella, Augusto y Pablo me importa-
ron de veras, hasta que aquel niño que llegó andando solo por el bosque se infiltró en el diminuto
círculo de mis afectos y preocupaciones.

Y en cambio aquí, que soy parte de algo que
funciona y asegura mi bienestar y hasta se supone
que mi participación, me siento irremediablemente excluido del bien común. ¿Qué maldad se
esconde en el alma de quien no se reconoce como
uno más entre sus semejantes? Cuesta entender
que este lugar me haya cambiado tanto. Cuesta
culpar a la ciudad transparente de todos mis males. Un hombre debería poder viajar de un lugar
a otro sin perder su alma. Ya no sé a ciencia cierta
si este que soy ahora, constantemente emponzo-
ñado contra la felicidad que me rodea, es fruto del
traslado, o si siempre fui lo mismo y sólo aquí me
he dado cuenta. Puede que me merezca todo lo

que me pasa, y de ahí que disfrute de mis heridas más que de la salud que me regalaban. Puede que el mal lo trajera yo conmigo y esta gente sea del todo inocente. Me cuesta creerlo, pero puede ser. Desde niño desconfié de los demás, nunca me pareció que la vida diese de sí tanto como para compartirla, sólo con ella disfruté de cierta intimidad, la normal entre hombre y mujer casados delante de Dios, y juntos cuidamos de nuestras tierras y nuestros hijos, pero no le abrí el corazón, ¿por qué habría de hacerlo? No tenía yo noticia de que hubiese nada dentro. Tampoco le escondía gran cosa, pues no guardaba secretos. Ella y yo nos quisimos como se quiere la gente, sin darle mayor importancia hasta que llegó la guerra, y tal vez durante la guerra nos quisimos más, o al menos así lo entendí yo, seguramente porque fuera había bombas y amenazas, y porque ambos sentíamos el mismo miedo de no volver a ver a nuestros niños y luego en esta paz extraña de la ciudad transparente, poco a poco, empezamos a no querernos nada. Puede que fuese porque no nos dejaban olernos el uno al otro, aunque si somos algo más que animales, y espero que lo seamos, no sería sólo por eso.

En fin, que, siendo sincero, no fui consciente entonces de ser más ni menos de lo que soy ahora, y en ninguna de mis otras vidas, la de niño, la de jornalero, la de capataz, la de dueño, la de amante, fui otra cosa, ni me veo tan distinto como para alarmarme en esta vida nueva de desterrado o prisionero o lo que sea que soy. Y si esto es lo poco que tengo ahora, las heridas causadas por los golpes en el costado y algunos recuerdos, supongo que esto es lo poco que me he ganado y que en realidad nunca tuve mucho más, así que ¿a cuento de qué quejarse? No seré yo el que ponga precisamente el grito en el cielo.

Y en eso andaba pensando, en aceptar la condena que yo mismo me imponía sin culpar a nadie, y en perdonar por lo tanto a esta buena gente el trato que me daba, cuando entró Julio, y cogió una silla de cristal y se sentó a mi lado y, para mi sorpresa, comenzó a hablar.

—¿Cómo está, padre?

Antes de responder, fui consciente de que ésas eran no sólo las primeras palabras que le oía decir a Julio, sino la primera voz que escuchaba fuera de mi cabeza en mucho tiempo.

—Bien —contesté, sin saber si era cierto.

—Tómeselo con calma, algunos lo aceptan peor que otros.

—Aceptar ¿qué?

—La adaptación. Para eso nos trajeron aquí, para que empezáramos a aceptar la idea de adaptarnos, pero hay quien no puede con ello.

—¿Desde cuándo hablas?

—Desde que está usted aquí. Después de su accidente no tuve más remedio que hablar. Faltando usted en la casa, alguien tenía que cuidar de la familia.

—¿Y el tipo ese? ¿Tu tutor?

—Ése es un imbécil...

—¡Ya lo sabía!... Y por cierto, no sé qué te han contado, pero no fue un accidente. Me pegaron.

—Lo sé, pero así lo llaman ellos.

—Ellos ¿quiénes?

—Ellos todos, aquí no hay nadie diferente ni mejor, ni nadie que mande, todo lo arreglamos entre nosotros. Tampoco hay quien nos diga nada, todo nos lo decimos nosotros.

—Yo nunca he mandado nada, ni he arreglado mucho, ni he dicho gran cosa...

—Nadie lo hace, ése es el truco, así no hay nadie a quien culpar. En esta ciudad no hay autoridad alguna, no hay queja que formular ni a quién dirigirla, no hay nada que rogar, ni explicar, ni a quién rogar o explicar...

—¿Y el gobierno provisional?

—El gobierno provisional somos nosotros, todos los que se ven a través de las paredes. Esa gente que vota en las reuniones sindicales. Todos y cada uno de nosotros.

—Tenían razón en el colegio, sí que eres listo.

—Gracias, padre.

—He estado soñando contigo, he soñado que estabas aquí sentado y que te contaba una historia.

—Me la ha contado.

—Entonces no soñaba.

—Sí soñaba, sí, pero hablaba en sueños. Y yo escuchaba.

—¿Alguien más me ha oído delirar?

—No, sólo yo.

—¿Y tú de qué lado estás?

—Del mismo que he estado siempre: del nuestro.

—¿Y ése qué lado es?

—El de los que van a salir de aquí y van a volver a la vieja comarca, y van a subir al monte y van a llegar hasta el bosque a desenterrar dos escopetas. El de los que aún no se han rendido. Y ahora descanse, que le necesito fuerte. Nos vamos.

—¿Y ella?

—Ella se queda, a ella le gusta esto. Piensa madre que usted le ha fallado, que se ha venido abajo, que no quiere seguir adelante.

—No la culpo.

—Ella ha tomado su decisión, es libre de hacerlo. Nosotros debemos tomar la nuestra.

—La mía la tomé hace mucho tiempo aunque después me olvidé, pero ahora de pronto la recuerdo claramente. ¿Cuándo demonios vamos a salir de aquí?

—Mañana.

—Perfecto. ¿Y cómo?

—En su gusano de mierda, padre, lo he robado del garaje de la planta de reciclaje de mierda y está escondido entre la hierba al otro lado de la ciudad transparente.

—¿Y no te vieron?

—Aquí nadie ve nada.

—A mí me vieron, y me pegaron.

—Usted fue de frente, padre, y así no hay manera, hay que ir de lado.

—Ya lo entiendo..., hay que ir de lado... Otra cosa, ese gusanito de mierda que yo conducía, supongo que ya te habrás fijado pero no es muy rápido. ¿Crees que podremos escapar con eso? Tal vez si desenganchamos los vagoncitos llenos de mierda...

—No, la mierda es esencial.

—¿Para...?

—Para despistar. Lo tengo todo preparado, no se preocupe, usted sólo descanse, yo vendré a buscarle por la mañana.

—Suena demasiado fácil, no saldrá bien.

—Es más fácil de lo que se piensa, padre, y saldrá bien. Nadie quiere irse de aquí en realidad, y ni siquiera está prohibido. Así que lo tienen todo muy mal vigilado.

—Si no está prohibido, ¿por qué no nos vamos por la puerta y por las buenas?

—Por si acaso.

—Ah...

Después de eso me callé. Estaba claro que el crío era mucho más listo que yo, y no tenía sentido dudar de sus ideas ni tratar de matizarlas con las mías.

Julio me besó en la frente y se marchó. Le vi irse confiado y seguro de sí mismo, todo un hombre. Le vi caminar a través de las paredes transparentes, como antes vi irse a mis hijos verdaderos por el bosque camino de la guerra. No era mi hijo, pero lo había cuidado como tal y me llamaba padre y todo, y en cualquier caso era lo único que me quedaba. He de reconocer que me sentí la mar de orgulloso.

Con la emoción de la fuga me costó conciliar el sueño. Cerré los ojos e intenté recordar el lugar exacto en el que había escondido mis armas; como siempre que la necesitas, la memoria no me falló. Fue como caminar de nuevo por nuestras tierras, cada árbol del bosque volvía a estar presente, hasta el olor del musgo fresco y las pequeñas charcas y el rumor de las comadrejas escondidas entre las ramas, y en lo más oscuro, donde los pinos apenas dejaban pasar la luz, vi la roca que señalaba mi escondite. Mientras el bosque volvía a ser lo que fue en mis recuerdos me fui quedando yo tranquilo, pero no como antes, cuando no podía evitar estarlo. Era una tranquilidad diferente, una que conocía y que no suponía una amenaza.

Desperté temprano, aunque me fue imposible saber a qué hora. En este sitio ajeno a la luz cambiante del día era difícil saber cuándo sucedían las cosas, cuánto empeño ponía cada cual en lo suyo, cuánta paciencia o cuánta prisa se tenía. La urgencia se perdía en esta siniestra claridad constante.

Los demás enfermos, alrededor, dormían aún bajo sus antifaces. Me puse en pie y esperé a que llegase Julio.

Esperé y esperé sin saber cuánto tiempo esperaba. Entraron y salieron las enfermeras con la comida y un par de médicos que me dieron demasiadas explicaciones sobre mi delicada condición que no entendí en absoluto. Tampoco presté mucha atención, ni siquiera sabía que se le podía llamar así a una paliza, pero claro, yo no soy médico. Creo que uno de ellos dijo que me había vuelto loco, que las paredes del hospital eran en realidad de cemento, que la ciudad no era de cristal. Que todas las cosas seguían oliendo, sobre todo yo, porque me negaba a ducharme. También me dijeron que Julio no hablaba, y que no era un superdotado sino un retrasado mental, y que por eso lo sacaron de la escuela, y que el señor que vivía en mi casa cuidaba de él porque a mí no me veían capaz de cuidar de nadie y que mis otros hijos, los de verdad, habían desaparecido en combate y que los daban por muertos. Me lo dijeron todo muy serios y sin dudar un segundo de nada, por eso supe que mentían.

No me ofendí, por más que supiese que no era cierto; ni siquiera me importó, no soy de los que hacen caso a los desconocidos, por muchos estudios que tengan.

Cuando entraban en la habitación todos esos extraños me metía en la cama, cuando salían me ponía en pie y esperaba.

Esperé, allí de pie en mi habitación de cristal, durante días, rodeado de enfermos tumbados, a que el niño Julio, que ya era un hombre hecho y derecho, viniera a por mí.

Pero no llegó nunca.

Ni una nota, ni una señal, nada.

Supuse que le habrían atrapado. Tal vez no era tan listo después de todo. Puede que me hubiese engañado, quién sabe, aunque no parecía esa clase de chico. Preferí pensar que esta gente, que por lo visto lo decide todo por sí sola, había decidido también acabar con él. O que era aún más listo de lo que yo pensaba que era y se había largado por su cuenta, sin esperarme. No se lo reprocharía nunca, era joven y fuerte y tenía toda la vida por delante. ¿Por qué habría de cargar con un viejo sobre sus espaldas? Casi me alegré de que me hubiese abandonado. Poco podía yo ayudarle en su aventura.

Me lo imaginé subido en mi tractorcito de mierda con el gusanito de mierda detrás, avanzando lenta pero firmemente hacia una vida mejor. Lo que no podría encontrar Julio nunca, por muy listo que fuese, eran mis escopetas, porque ésas las enterré yo y sólo yo sabría dar con ellas.

Julio no venía a por mí, y tal vez era lo mejor para él y lo más sensato.

Me dio pena el pensar en no volver a verle, eso sí, pero quedé contento y convencido de que nunca vendría a buscarme. ¿Cómo pedirle a un chico tan especial y con tanto que descubrir por su cuenta en este mundo de Dios que arrastrase en su aventura a su viejo padre, ni eso, casi padre, que no sería para él sino un peso muerto, un lastre, una soberana molestia?

Si quería salvarse, no tenía más remedio el pobre muchacho que dejarme a mí tirado en el camino.

Seguí esperando en pie, por si acaso.

Un día vino ella con un abogado y no sé cuántos papeles de divorcio y otros papeles aún más complicados para hacerse con la custodia de Julio. En cuanto los vi venir me metí en la cama y puse mi mejor cara de enfermo. Les dije que el divorcio poco podía importarme, pero que se olvidaran de Julio. Les dije que Julio se había largado sin mirar atrás y que estaba ya fuera de esta estúpida ciudad y de sus ridículas leyes gracias a su enorme inteligencia, y que me daban risa sus papeles llenos de letras pequeñas porque el niño al que pretendían custodiar ya era un hombre libre que volaba por su cuenta.

Me dijeron que no, que Julio no volaba, que Julio ni siquiera hablaba, que el pobre Julio estaba tan tranquilo, como cada día, en su colegio especial para retrasados mentales.

Si me hubieran atravesado el alma con una lanza no me habrían hecho más daño. Resulta que según esos memos el niño no era un genio. Por nada del mundo estaba yo dispuesto a creerme eso. Lo más urgente en ese momento me pareció, en cualquier caso, librarme de ellos.

Firmé sin rechistar y se fueron enseguida. La gente se va siempre muy deprisa cuando ya tiene lo que quiere.

Eso sí, en cuanto se largaron me puse en pie de nuevo.

Y seguí esperando.

Y tanto esperé, con mi pijama puesto, que para cuando quise darme cuenta había pasado muchísimo tiempo, y aun así esperé otro poco, por si las moscas. A paciente desde luego no me iba a ganar el destino, ni el demonio.

En fin, que esperé mucho y para nada, y al final no me quedó más remedio que empezar a pensar en la manera de escaparme yo solo y sin la ayuda de nadie. Fiado ya a mi propia inteligencia, a mi propio instinto y a mi propia suerte.

Mentiría si dijera que no se me pasó por la cabeza la idea de rendirme.

Salir de la ciudad transparente no fue tan difícil como había imaginado, no me hizo falta plan alguno, simplemente reuní todo el coraje que me quedaba hasta que estuve dispuesto, como quien recoge las migas del suelo y las prensa en las manos hasta tener algo parecido a un pan. Así, un buen día, con el bulto pequeño de mi coraje en mis brazos, caminé en pijama hasta la puerta del hospital entre enfermos distraídos y enfermeros despreocupados de mi suerte, y recorrí todas las calles que me separaban de la entrada de la ciudad, pasé de largo por delante del campo de acogida y crucé luego sin oposición alguna el control de fronteras. Supongo que al verme tan firme y decidido, y con tan inusual vestimenta, me dieron por loco. No comprendo ahora por qué me pegaron al preguntar por mis hijos y en cambio me dejaron salir sin oposición, seguramente en la ciudad de cristal les molestaban mucho las preguntas y en cambio no les inquietaban nada las fugas. Ni siquiera creo que se pueda llamar fuga a eso de irse por las buenas de un lugar en el que nada ni nadie te retiene a la fuerza. El caso es que salí andando tan tranquilo y di la vuelta al perímetro de la cúpula sin que me molestasen los guardianes y busqué entre la maleza el tractorcito que me dijo Julio que escondería, pero no estaba, no sé si porque el crío no quiso ayudarme o porque no pudo, lo mismo daba, tampoco era asunto suyo que su medio padre quisiese estar fuera o dentro, aquí o lejos, así que sin reprocharle nada al niño, qué culpa iba a tener el angelito, me dirigí de vuelta hasta la carretera y continué en línea recta hacia el prado y de allí al monte hasta alejarme mucho, y seguí andando y andando y poniendo tierra de por medio. Y por fin llegué a la única conclusión lógica. Mi conversación con él la había soñado. Ya no me cabía duda alguna, el niño no hablaba. Y si hablase alguna vez, Dios lo quisiera, no iba a ser conmigo.

En tres días estaba pisando la comarca. Por el camino no tuve ningún encontronazo e incluso se puede decir que me acompañó la suerte. En lugar de seguir el camino de ida, decidí guiarme por la intuición y rodeé el monte ignorando la carretera por la que entramos andando, ella, Julio y yo. Al fin y al cabo, lo último que quería era encontrarme con nadie.

No llevaba nada conmigo. La primera noche la pasé al raso y sin agua ni comida. Al segundo día me topé con un enorme vertedero en el que di con todo lo necesario para continuar mi viaje. No sólo ropa de abrigo, sino también una lona grande con la que hacerme una tienda de campaña, y mantas y botellas vacías que rellené con el agua turbia de una charca y hasta unas botas sin cordones pero con las suelas enteras, sin agujeros, que eran casi de mi talla. Buenas botas de soldado muerto, como las que calzaban mis hijos en esa guerra. Para comer no encontré más que hierba y bayas, madroños y enebros, pero fue suficiente. La ropa que llevaba, unos pantalones rotos por las rodillas y un abrigo de lana en bastante buen estado, apestaba, pero harto como venía yo de no oler nada durante tantos años en la ciudad, he de decir que hasta agradecí el hedor. Me sentí acompañado por el sudor de quienes antes que yo habían habitado esas ropas, y a pesar de no ser aún el mío, ese olor prestado lo reconocí como lejanamente familiar.

Durante la tercera noche llovió y pude cambiar el agua de la charca que guardaba en las botellas por agua limpia de lluvia que me supo a gloria. Al despertar de esa última noche pude ver a lo lejos la comarca, y es difícil imaginar cuánta alegría me dio reconocer el contorno de lo que había sido mi tierra si uno no ha estado nunca forzado a abandonar su casa, y muy sencillo de comprender para cualquiera que haya conocido el exilio. Me puse en marcha bien temprano y llegué pronto al pueblo, o a lo que quedaba de él. Nadie salió a recibirme porque allí no quedaba nadie, ni un alma. Ni hombres ni ratas ni perros. Había crecido la mala hierba por las calles y entre las piedras calcinadas de las casas. Las tiendas, la taberna, la oficina de correos, todo quemado y en ruinas. El suelo cubierto de cristales, la iglesia aún casi en pie, pero negra, la piscina municipal llena de agua estancada y putrefacta. Las fuentes en silencio. Al campanario, Dios sabe por qué, le faltaba la campana, tal vez la habían fundido para hacer balas de cañón o monedas de bronce. Crucé el pueblo sin ver ni animales ni insectos ni fantasmas, nada remotamente vivo ni muerto, y puse rumbo a mis tierras. Vi la casa quemada hasta sus cimientos, el jardín salvaje que no se diferenciaba ya del campo mismo, el huerto yermo, los establos vacíos, los pozos secos. Nada de lo nuestro había sobrevivido. Me reconfortó pasar de largo lo que ya no era mi casa y alejarme hasta llegar al bosque. Al menos el bosque seguía siendo lo que había sido. Busqué la piedra que señalaba el escondite de mis armas, pero no di con ella. Las riadas y las bombas habían removido el terreno, o tal vez mi memoria fallaba, o alguien las había desenterrado y ya no eran más mis armas. Puede que fuese un iluso al pensar que encontraría mi propia señal antes que otros. Cavé con las manos aquí y allá, como un topo, sin éxito, hasta que exhausto me senté a descansar bajo un árbol mientras empezaba a anochecer. Eché de menos por un instante la ciudad de cristal, mi techo y mis paredes transparentes, a ella, al crío Julio, lo poco que allí tenía, pero decidí con más rencor que entusiasmo no volver nunca. No volver allí, ni volver tampoco a añorar mi encierro. Me juré no pisar de nuevo la ciudad transparente. No ver más a los otros sin poder evitarlo, ni dejar que los otros estuvieran condenados a verme. Decidí también, si llegaba el día, saludar con afecto solamente a quien como yo fuese capaz al menos de esconderse.

Me juré vivir allí, en el bosque, lo que me quedara de vida y morir allí cuando llegase la hora. En soledad o acompañado, pues eso estaba por ver.

Busqué ramas gruesas y levanté mi tienda de campaña. El lugar que a partir de ahora, y hasta el final, sería mi casa. Debajo de la lona y envuelto por la más profunda oscuridad, solo y desarmado ya sin remedio, sentí renacer el rumor de mi viejo, saludable y largamente añorado optimismo.

Voces conocidas arropaban ese extraño momento anterior al sueño, imaginadas o recordadas, tanto da, familiares al fin y al cabo. Ajenas al derrumbe, la evacuación y la derrota.

Cercanas por fin a la única victoria, o al menos al recuerdo de mi voz, aquella que me acompañaba a mí solo desde niño, antes de todo y de todos los demás.

No sé cuánto dormí ni recuerdo qué soñé, pero al despertar el sol estaba alto y al ponerme en pie, según me desperezaba, me pareció ver a un hombre llegando a lo lejos. Sin pensarlo, agarré un palo y esperé a ver si venía en mi dirección. Y al poco vi que en efecto venía derecho hacia mí. Pero eso no fue lo más preocupante, lo peor fue que poco a poco, según avanzaba, su figura me empezó a parecer extrañamente familiar, y luego mucho, y al rato ya no me quedaba duda alguna de que se trataba de Julio.

Supongo que así lo vio ella llegar el primer día, sólo que ahora era más grande y no venía herido, ni desvalido, sino armado.

Llevaba una ballesta de precisión, de esas que pueden matar un jabalí a trescientos metros y acertarle en movimiento, y yo estaba quieto como una estaca, por la sorpresa, y puede también que por la alegría.

Tiré el palo a un lado, pues viniera a lo que viniese no tenía ninguna intención de atizarle a Julio, y a decir verdad tampoco hubiese podido con él, con o sin ballesta. Así que me senté a esperarle como quien acepta el destino, traiga lo que traiga, y cuanto más se acercaba, sin saber bien por qué, intuición, imagino, más seguro estaba de que buenas noticias no traía.

Cuando le faltaban ya apenas doscientos metros, me saludó con la mano y yo respondí por reflejo.

Por fin llegó hasta donde yo estaba, y antes de decir nada se sentó, no a mi lado sino frente a mí.

Sin soltar la ballesta, que sujetaba firmemente con el dedo en el gatillo. La cosa daba mala espina. Al mirarlo a los ojos, apenas me recordaba ya este hombre al niño al que quise hacer mío, al que corría por la casa muerto de la risa, al que le gustaba tanto dibujar animales exóticos, al que fue sin lugar a dudas mi única compañía fiable en los días insufribles y transparentes de la ciudad de cristal.

Algo me decía que no había llegado hasta aquí para unirse a mí, sino para cazarme.

Como sabía que no pensaba decirme nada, le hice yo las preguntas pertinentes.

Las tres seguidas:

¿Has venido para llevarme de vuelta?

Negó con la cabeza.

¿Has venido para matarme?

Afirmó con la cabeza.

¿De qué se me acusa exactamente?

A ésa no contestó, como es lógico, así que la replanteé lo mejor que supe, para que pudiese contestarla sin abrir la boca.

No habrá ya más gente como yo en el mundo que estáis construyendo, ¿no es verdad?

Afirmó de nuevo, con apenas un gesto, y quiero imaginar que no sin cierto dolor.

Después levantó la ballesta a la altura de la cadera, tampoco tenía sentido andar apuntando con lo cerca que me tenía.

En ese momento me di por vencido, y de la suerte que corrieron los demás en ese nuevo mundo poco puedo contar. Imagino que les iría de maravilla y que gente como yo, sin fe en el futuro, fuimos siempre el enemigo.

Una cosa es segura. En lo que a mí respecta, habían vencido.

Sólo deseé, antes de que se nublase lo visible y lo invisible, lo transparente y lo más secreto, que mis hijos verdaderos estuvieran también de su lado, y no del mío.

Uno tiene que saber cuándo su tiempo ya ha pasado.

Y aprender a admirar otras victorias.

Este libro se terminó
de imprimir en
Thomson-Shore
Dexter, Michigan
junio de 2017

XX Premio Alfaguara de novela

El 5 de abril de 2017, en Madrid, un jurado presidido por la escritora Elena Poniatowska, e integrado por Eva Cosculluela, Juan Cruz, Marcos Giralt Torrente, Andrés Neuman, Santiago Roncagliolo, Samanta Schweblin y Pilar Reyes (con voz pero sin voto), otorgó el **XX Premio Alfaguara de novela** a *Rendición* de **Ray Loriga.**

Acta del Jurado

El jurado, después de una deliberación en la que tuvo que pronunciarse sobre seis novelas seleccionadas entre las seiscientas sesenta y cinco presentadas, decidió otorgar por mayoría el **XX Premio Alfaguara de novela,** dotado con ciento setenta y cinco mil dólares, a la obra presentada bajo el título *Victoria* y el seudónimo de **Sebastián Verón,** cuyo título y autor, una vez abierta la plica, resultaron ser *Rendición* de **Ray Loriga.**

El jurado premia una historia kafkiana y orwelliana sobre la autoridad y la manipulación colectiva, una parábola de nuestras sociedades expuestas a la mirada y al juicio de todos.

Sin caer en moralismos, a través de una voz humilde y reflexiva con inesperados golpes de humor, el autor construye una fábula luminosa sobre el destierro, la pérdida, la paternidad y los afectos.

La trama de *Rendición* sorprende a cada página hasta conducirnos a un final impactante que resuena en el lector tiempo después de cerrar el libro.

Premio Alfaguara de novela

El Premio Alfaguara de novela tiene la vocación de contribuir a que desaparezcan las fronteras nacionales y geográficas del idioma, para que toda la familia de los escritores y lectores de habla española sea una sola, a uno y otro lado del Atlántico. Como señaló Carlos Fuentes durante la proclamación del **I Premio Alfaguara de novela,** todos los escritores de la lengua española tienen un mismo origen: el territorio de La Mancha en el que nace nuestra novela.

El Premio Alfaguara de novela está dotado con ciento setenta y cinco mil dólares y una escultura del artista español Martín Chirino. El libro se publica simultáneamente en todo el ámbito de la lengua española.

Premios Alfaguara

Caracol Beach, Eliseo Alberto (1998)
Margarita, está linda la mar, Sergio Ramírez (1998)
Son de Mar, Manuel Vicent (1999)
Últimas noticias del paraíso, Clara Sánchez (2000)
La piel del cielo, Elena Poniatowska (2001)
El vuelo de la reina, Tomás Eloy Martínez (2002)
Diablo Guardián, Xavier Velasco (2003)
Delirio, Laura Restrepo (2004)
El turno del escriba, Graciela Montes y Ema Wolf (2005)
Abril rojo, Santiago Roncagliolo (2006)
Mira si yo te querré, Luis Leante (2007)
Chiquita, Antonio Orlando Rodríguez (2008)
El viajero del siglo, Andrés Neuman (2009)
El arte de la resurrección, Hernán Rivera Letelier (2010)
El ruido de las cosas al caer, Juan Gabriel Vásquez (2011)
Una misma noche, Leopoldo Brizuela (2012)
La invención del amor, José Ovejero (2013)
El mundo de afuera, Jorge Franco (2014)
Contigo en la distancia, Carla Guelfenbein (2015)
La noche de la Usina, Eduardo Sacheri (2016)
Rendición, Ray Loriga (2017)